BROODHOOFD

Sara Mesa

Broodhoofd

Vertaald uit het Spaans
door Nadia Ramer

WERELDBIBLIOTHEEK · AMSTERDAM

Oorspronkelijke titel *Cara de pan*. Anagrama, Barcelona

Omslagontwerp Rouwhorst + Van Roon
NUR 302
ISBN 978 90 284 5028 8
www.wereldbibliotheek.nl

MIX
Papier van
verantwoorde herkomst
FSC® C004472

DEEL EEN

Het park

De eerste keer is zo onverwacht dat ze schrikt als ze hem ziet. Het meisje zit tegen de boomstam geleund een tijdschrift te lezen wanneer ze zijn voetstappen hoort naderen, het geknisper van droge bladeren, en dan ziet ze hem voor zich staan, een beetje beduusd misschien, maar niet verbaasd om haar daar, in de bosjes, aan te treffen. De oude man verontschuldigt zich – ik wilde je niet aan het schrikken maken! zegt hij – en dan vraagt hij wat ze leest, maar in de tussentijd – tussen de verontschuldiging en de vraag in – heeft het meisje de tijd gekregen om te reageren. Dit, zegt ze terwijl ze hem het tijdschrift laat zien, een meidenblad. Bij het zien van dat tijdschrift, dat overduidelijk niet voor kleine meisjes is, zal hij haar misschien ouder schatten dan ze is, denkt ze, en niet de gevreesde vraag stellen – wat doe je hier, op dit tijdstip? –, maar de oude man glimlacht alleen en kijkt besluiteloos naar het tijdschrift. Eerst lijkt het alsof hij het aan zal pakken – zijn vingers bewegen er onzeker naartoe – maar het gebaar zet niet door en de hand valt slap opzij. De oude man kijkt naar het meisje, dan weer naar het tijdschrift, het meisje, de boom, het verstopplekje in de bosjes, en ten slotte doet

hij zijn mond open en vraagt: wat staat er in het tijdschrift, waar gaat het over? Het meisje komt met haar rug los van de boom en leunt voorover, over haar gekruiste blote benen heen. Na al die uren op de grond zitten, zijn er kleine rode vlekjes op haar huid verschenen, de afdruk van het droge gras. Het zijn meidendingen, zegt ze. Dingen over muziek en computerspelletjes, en ook over films en mode, roddels en muziek, roddels over zangers en acteurs, bedoel ik, over hun leven en zo. Daar heb ik geen verstand van, zegt hij, maar hij zegt het niet verwijtend of minachtend. Ik lees ook tijdschriften, zegt hij, maar de mijne gaan over vogels! Het meisje mompelt verbaasd: vogels? Ze denkt dat de oude man met het woord 'vogels' misschien iets anders bedoelt, dat het eigenlijk een hint is. Die gedachte maakt haar nog wantrouwiger en ze denkt er zelfs over te vluchten, maar daar begint de oude man weer te praten en het klinkt oprecht wat hij zegt, er zit niets achter. Niet alleen over vogels, legt hij uit, maar over vogels en dieren in het algemeen, de echte vogeltijdschriften zijn moeilijk te vinden en bovendien zijn ze duur! Een tijd geleden had hij een abonnement op een blad dat niet meer bestaat, hij kreeg het elke week thuisgestuurd, alles wat hij over vogels weet, heeft hij daaruit, en dat is een heleboel! De oude man praat net als een kind, met het enthousiasme van een kind dat helemaal in zichzelf opgaat, en het meisje bekijkt hem nieuwsgierig. 's Ochtends, gaat hij verder, kun je hier in het park heel goed een hop tegenkomen, en ook steeds meer monniksparkieten en zelfs Turkse tortels, heeft ze daar weleens op gelet? Het meisje schudt haar hoofd. Ze weet

niet eens hoe een gewone tortel eruitziet, denkt ze, laat staan een Turkse, en ze denkt ook: wat een rare man. Zonder haar hoofd helemaal op te tillen kijkt ze schuin naar hem op, hij staat namelijk nog steeds en zij zit. Ze laat haar blik van onder naar boven gaan: elegante veterschoenen, een nette broek in een lichte kleur, een bijpassend jasje – van dikke stof ondanks de warmte –, en over zijn schouder een sportief rugzakje dat afsteekt bij de rest van zijn outfit. Ze kijkt naar zijn mollige, met sproeten bedekte handen, zijn kleine, blonde hoofd, zijn metalen brilletje en zijn snor, zijn warrige, beetje gestoorde haar. Ze vindt hem grappig, maar ook weer niet zo grappig dat ze haar wantrouwen laat varen. De oude man praat nog steeds. Er zijn exotische soorten die je hier vroeger niet zag, legt hij uit, nieuwe soorten die zich aan de nieuwe omgeving aanpassen en een gevaar gaan vormen voor de autochtone soorten, maar hij struikelt over het woord *autochtone*, hij moet het drie keer proberen voordat hij het correct uitspreekt. Het is hem om het even, gaat hij verder, hij vindt alle soorten mooi, die van ver en die van hier, het maakt hem niet uit waar ze vandaan komen, ze zijn zo bijzonder! Even is hij in gedachten verzonken, en dan verandert zijn gezichtsuitdrukking. Zijn ogen worden ronder en groter – alsof er ineens iets tot hem doordringt –, zijn kaak trilt lichtjes. Ik ben irritant, zegt hij, en hij verontschuldigt zich voor de tweede keer. Nee, hoor, zegt het meisje uit beleefdheid, maar hij houdt bedroefd vol: hij praat altijd te veel en als niemand hem waarschuwt, gaat hij maar door. Hij heeft iemand nodig om hem te waarschuwen, voegt hij er verslagen aan toe,

hij heeft het zelf niet door! Hij kijkt om zich heen, laat ineens zijn hoofd hangen en neemt afscheid van het meisje, dat niet meer weet wat ze moet zeggen of doen. Als ze ziet dat hij zich omdraait en zich onhandig door de bosjes wringt, is ze opgelucht dat ze weer alleen is, al leek die man sowieso geen probleem, denkt ze, hij is helemaal niet zoals die andere mannen die ze weleens is tegengekomen, die gevaarlijke.

Rond hetzelfde tijdstip verschijnt de oude man weer. Nu vindt het meisje het niet grappig meer, en ze bedenkt dat hij haar misschien bespioneert. Maar de oude man gedraagt zich net zo verlegen en respectvol als de vorige dag. Hij heeft dezelfde kleren aan en dezelfde verbaasde, schuchtere uitdrukking op zijn gezicht. Deze keer vraagt hij of hij even mag gaan zitten. Hij gaat zo ver van haar af zitten als mogelijk is op het plekje in de bosjes: het is maar een paar meter tot de boom. In kleermakerszit, met zijn handen op zijn knieën, kijkt hij haar glimlachend aan, hij haalt diep adem. Lees je vandaag niet? vraagt hij, maar hij vraagt het alsof hij net zo goed iets anders had kunnen vragen, denkt het meisje, om de stilte te verbreken. Ze haalt een boek uit haar rugzak, een van de boeken die ze voor school moest kopen, en ze reikt het de oude man aan, die naar voren leunt om het aan te pakken. Vind je het leuk? vraagt hij terwijl hij erin bladert. Nou, gaat wel. Het is tijdverdrijf. Hij glimlacht weer. Verveel je je dan erg? Nee, zegt zij. En dan voegt ze eraan toe: gemiddeld, ik verveel me gemiddeld.

Hij heeft nooit van lezen gehouden. Alleen zijn tijdschriften over vogels, of over natuur in het algemeen, zegt hij. Maar in romans raakt hij de draad kwijt. Iedere keer als hij in een boek begint, gaat zijn hoofd een andere kant op, niet omdat hij afgeleid is, het omgekeerde juist: hij leeft zich te veel in! Hij hecht zich aan de hoofdpersoon, of een ander personage, en stelt zich voor dat zij hem zijn of dat híj hen is. Hij kan het niet laten het verhaal te veranderen, zich voor te stellen wat híj zou doen als hij erin voorkwam, en voor zichzelf een verhaallijn te bedenken. Soms is hij verschillende personages tegelijkertijd en wordt het helemaal een zootje. En dan merkt hij opeens dat hij heeft zitten lezen zonder dat er ook maar iets tot hem is doorgedrongen. Hij kan bladzijden lang lezen zonder te begrijpen wat er staat, terwijl zijn gedachten hun eigen weg gaan! Heeft zij daar geen last van? Het meisje haalt haar schouders op. Zij houdt ook niet van lezen, geeft ze toe.

Waarom heb je dan een boek in je rugzak?

Er glipt een merel door de struiken, hij ziet hen en gaat er halsoverkop en met een hoop gefladder vandoor. De verschijning van de merel zorgt ervoor dat de oude man even is afgeleid en het meisje de tijd heeft een waardig antwoord te bedenken op zo'n domme vraag. Waarom heeft ze een boek in haar rugzak? Over school gaat ze niet beginnen. Als ze dat doet, zal hij vragen in welke klas ze zit en zijn conclusies trekken. Ze kan zeggen dat het boek van haar broer is. Dat ze het van hem heeft geleend, uit zijn kamer heeft gepakt, wat best zou kunnen, want haar broer heeft ontzettend veel boeken en nu hij er toch niet

is, kan ze er zoveel lenen als ze wil. Ze wil net gaan zeggen dat het een boek van haar broer is wanneer de oude man overeind komt, de grassprietjes van zijn broek slaat en zijn armen en benen uitrekt alsof zijn hele lichaam pijn doet. Oef, kreunt hij, als een indiaan op de grond zitten is niet meer goed voor mij! Het meisje vraagt zich af hoe oud die oude man is, die haar gek genoeg nog niet heeft gevraagd hoe oud zíj is.

Ze heeft overwogen om een andere verstopplek te zoeken, maar ze kan er geen vinden die net zo goed is als deze. Hoewel de boomstam robuust en hobbelig is, zit er een holte in die best glad is en waartegen ze lekker kan leunen. De takken zitten vol zachte, zijdegroene blaadjes, die om haar heen hangen en met hun licht- en schaduwvlekjes een soort beschutting vormen. Waar de begroeiing minder dicht is, zodat ze er net doorheen kan, wringt ze zich door de struiken en als ze eenmaal binnen is, op het plekje tussen de bosjes en de boom, hoeft ze alleen maar te gaan zitten om uit het zicht te blijven – zelfs voor iemand die vlak langs zou lopen –, als ze tenminste haar hoofd maar niet uitsteekt. Als ze eens een keer moet plassen, kan ze dat gewoon daar doen, aan de rand, want ze weet bijna zeker dat niemand haar kan zien. Bovendien is het park om deze tijd uitgestorven. Ze arriveert rond half negen, gehaast en met gebogen hoofd, terwijl ze zelfverzekerd probeert te lopen, zoals ze oudere meisjes, tienermeisjes, heeft zien lopen: sloffend, op gympen, rugzak om, oortjes in. Ze komt nooit iemand tegen, afgezien van de plantsoenmede-

werkers die ze heel af en toe in de verte in hun werkkleding druk aan het werk ziet. Om elf uur eet ze haar broodje, om één uur dommelt ze een beetje in – dat is niet de bedoeling; de middagwarmte maakt haar gewoon slaperig – en om twee uur is het al tijd om tevoorschijn te komen en naar huis te gaan. Ze komt kinderen tegen van de basisschool in de buurt – én de ouders of grootouders bij wie ze aan de hand lopen – maar niemand let op haar: in vergelijking met deze kinderen is zij al groot, groot genoeg om zelf naar huis te gaan. Er zijn misschien wel meer verstopplekken in het park, achter al die bosjes, maar ze heeft er geen kunnen vinden en het is ook geen goed idee om verdacht rond te hangen. De eerste paar dagen, in een ander, groter maar ook drukker park, kwamen er twee mannen op haar af die haar veel vragen stelden. Een van hen pakte haar zelfs bij de arm, probeerde haar over te halen met hem een wandelingetje te maken. Er was ook een vrouw, een bejaarde, die wilde weten waarom ze daar was, of ze niet ergens werd verwacht en of haar ouders afwisten van deze excursie – *excursie* vond ze hier overdreven en gemeen klinken. Het meisje besloot dit andere, afgelegen park op te zoeken, waar het rustiger is en niemand haar vragen stelt. Op deze verstopplek komt ze nu al een paar dagen en de enige die haar is komen storen is de oude man, op twee achtereenvolgende dagen. Maar dat hij nu twee keer is gekomen, zegt ze bij zichzelf, betekent nog niet dat hij elke dag zal komen.

Maar dat doet hij natuurlijk wel.

Deze keer haalt hij voordat hij gaat zitten een stoffen

zakdoek uit zijn zak, die hij zorgvuldig openvouwt en op het gras uitspreidt. Om niet vies te worden! zegt hij, maar het meisje bekijkt hem goed en ziet dat hij al vies is: hij draagt weer die lichte broek, die zo ongeschikt is voor een wandeling in het park, hij zit onder het stof en de zomen zijn besmeurd omdat ze over de grond slepen. De oude man zweet, er zit een haarlok tegen zijn voorhoofd geplakt, zijn brillenglazen zijn smoezelig en er hangt een kleine verrekijker om zijn nek, die hem een nog excentrieker uiterlijk geeft. Hoewel hij er zo onverzorgd uitziet, heeft hij ook iets wat haar aan een vroegere buurman doet denken, een heel elegante, deftige leraar – dat zei haar moeder: dat hij heel *deftig* en *elegant* was –, en dat zit hem in de manier waarop hij zijn haar gladstrijkt en in de sproeten op zijn handen, die bleke, rossige kleur van zijn huid, die je niet veel ziet.

Wat wil hij van haar? Probeert hij toe te werken naar die ene brandende vraag? Naar haar leeftijd? Waarom een meisje van haar leeftijd op dit uur in het park tegen een boom geleund zit? Als dat het is, maakt de oude man omtrekkende bewegingen alvorens haar te pakken, zoals roofdieren die hun prooi hebben gespot de tijd nemen voordat ze aanvallen. Het kan zijn dat hij eerst haar vertrouwen wil winnen om dan ineens toe te slaan.

Dat is wat het meisje denkt als ze alleen is, maar met hem erbij, als ze hem aandachtig bekijkt, weet ze het niet zo zeker. Het kan ook gewoon een vent zijn die zich verveelt, zo iemand die vervroegd met pensioen is gegaan en zich geen raad weet met zijn vrije tijd, een zeikerd, een

slappeling, misschien zelfs een oude viezerik. Maar geen verklikker. Hij ziet er niet uit alsof hij haar dwars wil zitten.

De oude man legt een vinger tegen zijn lippen en sluit zijn ogen. Hij luistert geconcentreerd naar het gezang van een vogel die over hun hoofd is gevlogen. Het meisje is stil, ze wacht gespannen af. Een roodborstje, verkondigt de oude man ten slotte triomfantelijk.

Zij vindt het vervelend dat hij zomaar doet waar hij zin in heeft. Dit was haar plek, van haar alleen, zijn er soms geen andere plekken in het park?

De volgende dag brengt hij een handdoek voor haar mee. Een dunne, oude, ruwe handdoek, beige met een bruine sierrand. Wanneer hij hem uit zijn rugzak haalt om hem aan haar te geven, ruikt het meisje de geur van goedkoop wasmiddel. Zo hoef je niet op de grond te zitten, zegt de oude man, er zijn veel beestjes en het gras prikt! Het meisje pakt de handdoek achterdochtig aan. Eigenlijk had ze overwogen er eentje van thuis te pikken, maar haar moeder is ontzettend georganiseerd en heeft een onfeilbaar geheugen, die zou meteen merken dat er een ontbrak. Bovendien hebben zij thuis niet zulke dunne, oude handdoeken; ze zijn allemaal groot en zacht en donzig, *honderdprocentkatoen*, zoals haar moeder altijd zegt, net als de lakens van *honderdprocentkatoen* en het ondergoed van *honderdprocentkatoen*. Het zijn de beste, maar het meisje heeft er niets aan want ze zijn veel te dik om in haar rugzak te verstoppen. Dus zegt ze bedankt, maar ze mompelt: ik

kan hem niet meenemen naar huis. Waarom niet? vraagt de oude man, waarom kun je hem niet meenemen naar huis? Mijn moeder zou vragen waar ik hem vandaan heb, antwoordt zij, dat snapt toch iedereen! De oude man tilt vragend een wenkbrauw op, alsof hij het niet helemaal begrijpt. Zeg dan gewoon de waarheid! Zeg dat ik hem aan je heb gegeven, ze denkt toch zeker niet dat je hem hebt gestolen? Het meisje staat hem zwijgend aan te kijken, met de handdoek, die bijna op de grond hangt, nog in haar hand, en hij, die ook staat, kijkt verbaasd terug, want hij heeft vast gemerkt dat er iets in haar is veranderd, dat ze voorzichtiger is en afstand bewaart. Wat is er? vraagt hij ten slotte. Heb ik iets verkeerd gedaan? Het meisje schudt haar hoofd. Nee, nee, ze houdt er gewoon niet van als anderen zich om haar bekommeren. Waarom niet? Waarom is het verkeerd zich te bekommeren om anderen? Het meisje geeft geen antwoord. Ze spreidt de handdoek uit en gaat in het midden zitten, zonder ruimte over te laten voor de oude man. Hij gaat weer op zijn belachelijke zakdoek zitten, zo ver mogelijk van haar vandaan. Verwacht hij soms dat zij hem zal uitnodigen om naast haar op de handdoek te komen zitten, zij aan zij, als twee vrienden die samen picknicken? Is het onbeleefd als ze dat niet doet? Ze is zo van haar stuk gebracht dat ze niet meer weet wat gepast is: hoe het in het algemeen hoort, en ook niet wat voor haar op dit moment het beste is.

De oude man vraagt of ze geen tijdschriften meer leest, en zij zegt vandaag niet. Of ze van dieren houdt, en zij zegt

tsss. Of ze van muziek houdt, en zij zegt tuurlijk. Hij vraagt wat voor muziek, en zij zegt ik weet het niet. Hij vraagt of ze wil dat hij weggaat, en zij zegt maakt me niet uit. Dan zwijgt hij, de stilte dijt uit en alles komt tot rust, zelfs het verre geronk van een grasmaaier houdt ineens op. Het meisje voelt zich bedolven onder het gewicht van de onzekerheid, ze kijkt op en bestudeert hem. Voor het eerst kijkt ze goed naar zijn gezicht en zijn kleine blauwe ogen achter de brillenglazen, en naar het dunne snorretje waarvan de punten licht omhoog wijzen – zo ouderwets, denkt ze, want niemand heeft tegenwoordig zo'n snor. Ze zal wel heel indringend kijken, want de oude man kan er niet tegen. Hij buigt zijn hoofd, zet zich af met zijn armen en komt overeind. Hij pakt zijn zakdoek, vouwt hem zorgvuldig op en stopt hem in zijn broekzak. Een oude handdoek is maar een oude handdoek, zegt hij, en zou geen probleem moeten zijn! Hij heeft hem meegebracht om haar te helpen, niet om haar overlast te bezorgen. Hij zucht bedroefd. Nu is hij wéér irritant! zegt hij. Waarom dringt hij zich ook op? Het meisje weet niet wat ze nu moet doen. Ze kijkt ongerust naar hem, ze vraagt of hij wil dat ze de handdoek teruggeeft. Ja, natuurlijk, jij wil hem toch niet! antwoordt hij. Het meisje geeft hem de handdoek en hij stopt die in zijn rugzak, hij propt hem slordig tussen zijn andere spullen. Was ik weer irritant! zegt hij een paar keer, en daarna, iets zachter: het was maar een handdoek.

Als hij weg is, laat het meisje zich weer op het gras vallen – zonder handdoek nu – en kijkt peinzend naar de lucht. Was hij boos? Zal hij haar verklikken? Wat had ze

moeten doen om dit te voorkomen? Niet dwarsliggen? Zijn absurde cadeautje aannemen, die oude handdoek die ruikt alsof hij wel duizend keer is gewassen? Moest ze nou echt zo onbeleefd zijn?

Het stukje blauw dat wordt ingesloten door het groen van de boom verschuift, nu bevindt het zich vóór het silhouet van de bladeren. Langs elke tak zit een rood randje; omdat ze niet met haar ogen knippert, gaan ze branden. Ze houdt ze zo lang als ze kan open. Daarna drukt ze haar oogleden dicht en volgt de gekleurde vlekjes. Op haar netvlies staat ook het beeld van de oude man. Ze krijgt het er niet makkelijk weg. Het is een heel rare oude man.

Het is bijna twaalf uur als hij verschijnt. Hoewel een deel van haar al jubelde dat ze hem eindelijk had afgeschud, was een ander, raadselachtig, ondoorgrondelijk deel van haar juist blij met zijn komst. De oude man kijkt beduusd, alsof hij haar daar niet verwachtte, alsof het opnieuw een verrassing is, een ontdekking. Ik dacht dat je niet meer zou komen! zegt hij. Gisteren en eergisteren kwam ik je zoeken, maar je was er niet, ik dacht dat je nog boos was! Boos? Het duurt even voordat het meisje het begrijpt en alles op zijn plek valt. De oude man had er geen rekening mee gehouden dat het weekend was. Ze komt hier niet op zaterdag en zondag, op die dagen hoeft ze zich niet te verstoppen. Als de oude man dat nog niet heeft uitgevogeld, koestert hij dus niet de minste argwaan. In plaats van gerustgesteld is ze hierdoor eigenlijk een beetje beledigd. Ze heeft dus voor niks de schijn opgehouden? Wat een

idioot! Ze wordt overmoedig, laat haar achterdocht varen en spreekt vrijuit. In het weekend kom ik niet, zegt ze. O, oké, mompelt hij, en waarom dan niet? Het meisje kijkt recht in de ogen van de oude man, die piepklein zijn achter de brillenglazen. Omdat er dan geen school is, zegt ze. De oude man krabt aan zijn hoofd, hij begrijpt het nog steeds niet. Ze kan nu niet anders dan doorpraten, en bijna kwaad voegt ze eraan toe: in plaats van naar school te gaan kom ik hier. Zijn lippen gaan vaneen alsof hij iets wil zeggen, maar hij bedenkt zich. Hij vraagt of hij mag gaan zitten. Ze knikt.

De oude man gaat heel langzaam zitten, op de handdoek, die hij weer heeft meegebracht maar deze keer niet aan haar aanbiedt. Moeizaam kruist hij zijn benen, en hij denkt na. We komen elkaar hier tegen omdat je spijbelt, zegt hij ten slotte, en ook: misschien is dat niet goed! Wat? vraagt zij, en ze denkt, zonder dit hardop te zeggen: wat is niet goed? Het gespijbel of het feit dat zij elkaar hier elke ochtend ontmoeten? Ik hoef niet naar school, zegt ze. De dingen die ze je daar leren, die specifieke dingen, heb ik niet nodig, of beter gezegd, ik heb niemand nodig om ze me te leren, dat kan ik zelf wel: alles, echt alles staat op internet en in boeken. De oude man vraagt tot op welke leeftijd je naar school moet. Ze slikt. Maakt het uit of de oude man dat weet of niet? Het is verplicht tot je zestiende, zegt ze. Eigenlijk tot en met je vijftiende: op de dag dat je zestien wordt, mag je ervan af, als je wil. En jij? vraagt hij. Hoe oud ben jij?

Het meisje twijfelt een paar seconden of ze zal liegen of

de gok zal nemen en de waarheid vertellen; ze kiest voor de waarheid, of de halve waarheid. Veertien, zegt ze uiteindelijk: ik ben veertien. Hij kijkt haar aan alsof hij haar niet gelooft; ze voelt zich ontmaskerd. Haast veertien, licht ze toe. Háást, mompelt de oude man, terwijl hij zijn hoofd schudt. Hij dacht dat ze wat ouder was, maar veertien! Of dus niet eens veertien, maar haast-veertien, hááST... Hoe heet je? Het meisje zegt hoe ze heet en hij schudt weer zijn hoofd. Een mooie naam, ja, echt mooi! Maar ze valt hem in de rede: ik haat mijn naam. O, dat is dan duidelijk, als zij er niet blij mee is, gebruiken ze hem gewoon niet. Hij kan haar Haast noemen, als ze dat goed vindt. Haast zegt: ja, dat vindt ze goed. Een oude buurvrouw van haar heette zo, een oudere vrouw die haar snoepjes gaf als ze haar tegenkwam in het trappenhuis, de snoepjes zaten in de zakken van haar schort, die altijd uitpuilden. Dat was voor ze verhuisden, toen Haast veel jonger was dan veertien en ze in een flat woonden vol mensen met wie je een praatje kon maken. Haar buurvrouw heette mevrouw Haasten, of mevrouw Haastig; Haast weet het niet meer zo goed, maar het was een heel rare naam. Maar Haast, zonder iets erachter, Haast van haast-veertien, klinkt goed, het is origineel, een soort geheime naam die de oude man voor haar heeft bedacht, en die oude man legt nu als een ridder zijn hand op zijn borst en zweert op zijn beurt plechtig dat hij de waarheid en niets dan de waarheid zal spreken: zijn volledige naam – voor- en achternaam – en zijn leeftijd: vierenvijftig. Vier-en-vijf-tig, herhaalt hij lachend, zangerig, niet hááST vierenvijftig, maar lang en breed vierenvijf-

tig, moet je nagaan hoe oud ik ben. Haast lacht ook, maar doet alsof, want zij had elke leeftijd voor waar aangenomen, of hij nou vierenveertig of vierenzestig had gezegd; voor haar is hij een ouwe man en leeftijden van oude mensen zijn allemaal even onvoorspelbaar en onvoorstelbaar. Mag zij hem zo noemen, Ouwe? Ja, natuurlijk, zegt hij nog steeds lachend. Haast en Ouwe, waarom niet.

Ouwe, ga je klikken? vraagt Haast, en *ouwe* klinkt helemaal niet beledigend, eerder het tegenovergestelde: medeplichtig en kwetsbaar. Hij kijkt haar strak aan: klikken, waarover? vraagt hij, en Haast weet niet of hij een grapje maakt of het serieus meent, begrijpt die ouwe dan helemaal niets? Ik lijk trouwens toch zestien, het is me weleens gevraagd, en dan zei ik dat ik zestien was en ze geloofden me altijd, zelfs jij dacht dat ik ouder was, Ouwe! (Maar niemand heeft naar haar leeftijd gevraagd en ze vindt zelf helemaal niet dat ze er ouder uitziet, en er klopt ook niets van die zelfverzekerdheid waarmee ze opschept over haar uiterlijk, want daar is ze juist heel onzeker over.)

Half oktober is het weer wisselvallig. 's Ochtends vroeg wanneer Haast arriveert, is het nog fris en komt er van het vochtige gras een lekkere, bijna zoete geur, die in de loop van de dag vervliegt. Maar vandaag, bijvoorbeeld, is het na twaalf uur 's middags zelfs warm en beginnen haar knieholtes te zweten omdat ze een paar uur lang met gebogen knieën zit. De Ouwe dringt door de bosjes – hij bukt zich een beetje en als hij erdoorheen is sluiten de takjes zich achter hem – en hij kijkt haar met stralende ogen aan,

blij om haar te zien, alsof haar aanwezigheid alleen al een geweldig cadeau is. Kijk, ik heb iets voor je, zegt hij.

Stuntelig van de zenuwen haalt hij uit de zak van zijn jasje oortjes tevoorschijn, hij rolt ze uit, steekt ze in een mobiele telefoon en concentreert zich op de knopjes, die hij heel langzaam indrukt. Luister, zegt hij ten slotte, en reikt haar de oortjes aan, die zij meteen in haar oren doet.

Uit het snoer komt een heldere, lage vrouwenstem, een moeilijk te duiden stem die iets mannelijks heeft en oorverdovend klinkt, oorverdovend als een golf die op de kade stukslaat, een stem die haar omhult en meevoert, omhoog en dan omlaag, en op de achtergrond een saxofoon of een trompet – dat weet Haast niet –, de klanken van een blaasinstrument die zich met de stem vermengen, het instrument dat zich met de stem verweeft, en andersom, ze klimmen en dalen, alsof ze met elkaar wedijveren of dansen. Haast sluit haar ogen en luistert, ze luistert heel aandachtig, al blijft ze zich ervan bewust dat de Ouwe naar haar kijkt. Wanneer de muziek hoger en hoger en hoger klimt en uiteindelijk knapt en ineens omlaag duikt en stopt, geeft ze hem de oortjes terug en zegt: wat mooi. De Ouwe knikt, glimlacht en bedankt haar. Híj bedankt háár, in plaats van andersom, denkt Haast: wat raar allemaal.

Nina Simone, mompelt de Ouwe, dat is Nina Simone, maar Haast heeft die naam nog nooit gehoord. Hij houdt het allermeest van vogels, zegt de Ouwe, maar daaronder, of op gelijke hoogte, staat voor hem misschien wel de stem van deze vrouw, wat goedbeschouwd zo'n beetje op het-

zelfde neerkomt. Ze was een buitengewone vrouw, legt hij uit, die haar hele leven heeft gevochten voor haar mensen, maar ze werd niet altijd goed begrepen, en als Haast vraagt wie haar mensen dan waren, zegt de Ouwe: de zwarte bevolking! Haast vond het een mooi liedje, ze zou het best nog een keer willen horen, maar ze is niet zo geïnteresseerd in het verhaal waar de Ouwe nu mee komt, vol data en nog meer data en namen en nog meer namen, waardoor haar gedachten geheid afdwalen. Nina Simone, zegt de Ouwe, was haar artiestennaam, net als de namen die zij twee zichzelf hebben gegeven, Haast en Ouwe, om te ontsnappen aan hun echte naam, die als een gevangenis is. Toen Nina een klein meisje was en Eunice heette waren de wetten van Jim Crow van kracht – *djimkro*, herhaalt Haast –, gescheiden maar gelijk, ieder aan zijn eigen kant, legt de Ouwe uit, oftewel de witten hier en de zwarten daar, geen vermenging, maar elke dag ging de kleine Eunice voor pianoles naar een witte wijk, en de godganse week scholden ze haar uit op straat en gooiden stenen naar haar – hoe durfde die aap op hun witte stoep te lopen? –, en toch bleef ze gaan, ze was dapper, zo ontzettend veel hield ze van muziek!

Haast, die door niemand op straat wordt uitgescholden en al helemaal niet met stenen wordt bekogeld maar heeft besloten nooit meer naar school te gaan – misschien niet zozeer omdat ze dapper is, maar juist omdat ze dat niet is – glimlacht alleen en biedt de Ouwe chips aan, want ze heeft een grote zak gekocht en er zit nog een beetje in. De Ouwe steekt zijn hand erin en diept wat stukjes op, waar-

na hij zijn vingers netjes en voorzichtig aflikt, niet zoals Haast het doet als niemand kijkt, wat meestal zo is. De geur van *hamsmaak* hangt tussen hen in; Haast vindt het prettig dat hij de chips heeft geaccepteerd en in stilte eet, geconcentreerd, zodat er geen kruimels op zijn broek vallen. Mmm, heel lekker, zegt hij als hij ze op heeft, maar je krijgt er dorst van, krijgt zij geen dorst van die chips? Als ze dorst krijgt, verlaat ze haar schuilplaats even en loopt naar het fonteintje nog geen tien meter verderop, om haar flesje te vullen; het probleem is alleen dat het water rond deze tijd, vanaf een uur of een, warm is geworden, want het fonteintje staat vol in de zon. De Ouwe biedt aan koud water of frisdrank voor haar te gaan halen, wat ze liever heeft, en Haast herinnert zich dat haar ouders hebben gezegd dat ze nooit ofte nimmer, onder wat voor omstandigheden dan ook, cadeautjes van onbekenden moet aannemen, maar dan zegt ze bij zichzelf dat water eigenlijk geen cadeautje is, en dat deze man eigenlijk geen onbekende meer is, en bovendien heeft hij vriendelijk haar chips aangenomen, zodat zij nu niet achterdochtig en ondankbaar kan doen, dus zegt ze: ja, oké. Maar water of frisdrank, wat heb je liever? Water, water. De Ouwe staat op, verdwijnt achter de bosjes en komt een kwartier later terug met een fles koud water en nog twee zakjes chips, voor ieder een.

Toen Nina al beroemd was en een heleboel geld verdiende, vertelt hij verder, werd ze beschuldigd van belastingontduiking en moest ze het land uit, zo heeft de VS haar weggewerkt! Wat is belastingontduiking? vraagt

Haast, en dan heeft de Ouwe het over belastingen, hij legt uit dat het een vorm van verzet is om sommige belastingen niet te willen betalen. Mag je weigeren om de overheid te betalen als diezelfde overheid slechte dingen met je geld doet, zoals mensen vermoorden? Haast heeft haar ouders horen praten over belastingen en denkt dat je die altijd moet betalen, omdat je anders in de gevangenis kan komen. Maar wat als het belastinggeld wordt gebruikt om een oorlog te financieren? houdt de Ouwe vol. Nina wilde niet meewerken aan het drama in Vietnam, zegt hij, daarom weigerde ze te betalen! Ja, dat verandert de zaak natuurlijk, peinst Haast, hoewel ze zich niet herinnert wat dat drama in Vietnam was, heeft ze dat op school gehad? Zo ja, dan is ze het vergeten!

Betaal jij belasting? vraagt ze voorzichtig. Ik? De Ouwe lacht. Hij werkt niet, zegt hij, al jaren niet, daarom haalt hij de dagen door elkaar, hij weet nooit of het nou maandag of dinsdag is, hij komt er pas achter als hij boodschappen gaat doen en voor een dichte winkel staat! Ben je werkloos? vraagt Haast. Nee, dat ook weer niet, hij heeft niet gezegd dat hij geen werk heeft, maar dat hij niet werkt, dat is niet hetzelfde, van mensen die werkloos zijn, verwacht je dat ze op zoek zijn naar werk, en hij is helemaal nergens meer naar op zoek, hij werkt gewoon niet! Ze zou hem willen vragen waar hij dan van leeft, van welk geld hij de chips en het water heeft gekocht, maar uiteindelijk gaat het haar niets aan hoe mensen zonder salaris zich weten te redden, en haar ouders hebben haar geleerd om discreet te zijn en geen persoonlijke vragen te stellen. Dus

houdt ze haar mond en luistert naar hem, terwijl hij praat over zijn Nina en alles wat ze in haar leven moest verdragen, waaronder een gewelddadige man, die nooit echt van haar had gehouden en die hij, de Ouwe, vervloekt omdat hij zo ver beneden zijn godin stond.

Het is nu de gewoonte om een snack of een drankje te delen. De Ouwe praat alleen maar over vogels of over Nina Simone, hij noemt namen in het Latijn – wetenschappelijke, zegt hij, zoals *turdus merula*, *sturnus unicolor* en *apus apus* – of in andere talen: Miriam Makeba, Simone Signoret, Nelson Mandela. Hij leent haar zijn verrekijker om naar de lucht te kijken en leert haar de overvliegende vogels te herkennen, van de bescheiden, bruingrijze mussen tot de elegante kwikstaarten met hun lange staartveren. Hij heeft vogeltijdschriften voor haar meegebracht en een basisgids met harde kaft, en hij geeft haar ook zijn mobiel om nog meer liedjes van Nina Simone te luisteren en foto's van haar te bekijken: een peinzende, rokende Nina met een kleurige doek om haar hoofd; Nina en profil met enorme zilveren oorringen; Nina met haar Lisa als klein meisje, beiden met kunstig ingevlochten haren; een pianospelende Nina en een zingende Nina; een jonge Nina en een volwassen Nina; Nina met diamantjes op haar wenkbrauwen en oogleden; een intens gelukkig kijkende Nina en een diep ongelukkig kijkende Nina. Hij heeft haar alles over haar leven verteld, van haar jeugd tot haar dood. Hoewel hij steeds in herhaling valt en Haast het meestal saai vindt, wil ze hem niet onderbreken, want dat doet hij

zelf soms ineens, wanneer hij merkt dat hij *irritant* is. Haast, je moet me waarschuwen, zegt hij heel serieus en bedrukt, ik wil geen vervelende ouwehoer zijn, dat is het ergste wat er is! Maar dat is hij toch een beetje, denkt Haast, al is hij ook een grappige ouwehoer, niet door wat hij vertelt, maar door de manier waarop: snelle handgebaren, stralende ogen, de manier waarop hij zijn hand door zijn haar haalt, dat dan rechtovereind blijft staan en er idioot uitziet. Laat me je bril schoonmaken, Ouwe, zegt ze, en ze doet het zorgvuldig, terwijl ze steelse blikken werpt op zijn brilloze gezicht, zijn flets blauwe ogen, die er groter en kwetsbaarder uitzien zonder glas ervoor, zijn hangende, licht gezwollen, paarsige oogleden. Hij vraagt nooit iets over haar leven, hij zet haar nooit onder druk om iets te vertellen en hij vertrekt even plotseling als hij opduikt, een tikkeltje gejaagd en gegeneerd. Ze is blij met zijn tact, dat hij zich op gelijke hoogte opstelt en niet doorvraagt, wat bij volwassenen niet vaak voorkomt. Maar ze vindt het ook jammer dat hij geen interesse toont in haar, niet nieuwsgierig is naar haar leven buiten deze bosjes. Misschien dat ze daarom begint te fantaseren en te liegen en hem vertelt dat ze een heleboel dingen kan, terwijl ze die helemaal niet kan: schaatsen, dansen, vioolspelen, Frans spreken. Elke zomer, vertelt ze, huren haar ouders een heel groot huis aan het strand, een groot en rommelig huis, waar ze ook een rommelig leven leiden, met een stroom bezoekers die spontaan langskomen en weer vertrekken. Haar ouders laten haar heel vrij, ze kan komen en gaan zonder dat ze ernaar vragen, opstaan wanneer ze

maar wil – of helemaal niet opstaan –, eten waar ze trek in heeft – of helemaal niet eten. 's Avonds mag ze bij de volwassenen zitten en zelfs af en toe een glaasje drinken. Haar vader is een gerenommeerde arts en haar moeder een toneelactrice; ze hebben allebei chique, excentrieke vrienden. Een van hen, een man van in de dertig, probeerde haar op een nacht te verleiden. Zij weigerde beslist en hij begreep het, maakte een rekensommetje en beloofde vijf jaar op haar te wachten, tot ze meerderjarig zou zijn. Tijdens de kerstvakantie, wanneer ze niet in het strandhuis kunnen – het ligt aan een onbeschutte, winderige kust –, pakken ze hun koffers en gaan op reis. Turkije, Taiwan, India, Japan... Ze kiezen altijd verre, exotische bestemmingen.

Dat het allemaal verzinsels zijn komt langzamerhand aan het licht. Uit gemakzucht houdt ze op met liegen. De werkelijkheid dringt zich op en ze heeft geen fut om door te gaan met fantaseren. Zonder dat ze openlijk voor haar leugens uitkomt, verdringt de echte Haast de vervelende nep-Haast. De Haast uit een middenklassegezin, met ouders die het zo goed mogelijk proberen te doen, en met heel normale familievakanties; de eenzame, onevenwichtige, onbeholpen Haast; de woedende, onredelijke en soms brutale Haast; de onbegrepen Haast; de Haast naar wie niemand luistert, behalve nu dan deze man, de Ouwe, die alleen over vogels en Nina Simone praat en nooit liegt.

Elke dag lopen er in het park werkmannen rond, die bezig zijn met het een of ander en een dreiging betekenen.

Die met een oranje uniform renoveren de eendenvijver. Ze hebben de oude fontein gesloopt en zetten nu een nieuwe neer, die lelijker is, maar er meer solide uitziet. Dan zijn er, in groene uniformen, de tuinlieden die enorm veel herrie maken met hun grasmaaiers, heggenscharen en bosmaaiers. En tot slot degenen met gele uniformen, de schoonmaakploeg. Ze vegen de bladeren van de paden en legen punctueel de prullenbakken. Ze zijn allemaal – oranje, groen en geel – zeer serieus in hun werk en nemen bijna geen pauze. Haast ziet ze als ze aankomt, wanneer zij ook net zijn gearriveerd, en vermijdt hun blik als ze ze passeert. Het zijn allemaal mannen en ze heeft ontzettend veel ontzag voor ze, niet echt omdat het mannen zijn, maar om wat ze kunnen doen als ze haar daar zien – alleen of in gezelschap. Wanneer ze ze hoort aan de andere kant van de bosjes, houdt ze haar adem in tot ze weer weg zijn. Soms vangt ze flarden van hun gesprekken op. De een klaagt over zijn vrouw. De ander zegt dat hij net een kleinkind heeft gekregen. Veel van hen praten over voetbal. En dan zijn er de losse zinnen, die zo zonder context verwarrend klinken: 'Een goede harde klap en hij verstopt zich onder het tapijt' bijvoorbeeld. Of: 'Ja, wat wil je, ik word zenuwachtig van die cakejesrage.' Haast maakt zich zorgen als ze vlak langs lopen, vooral als de Ouwe er is. Dat ze hen zullen horen praten of lachen. Ze mag daar natuurlijk zitten kletsen met wie ze maar wil – een vriend die best haar oom of haar vader zou kunnen zijn –, maar ze voelt ergens dat het beter is om het geheim te houden.

Eén keer, wanneer ze net overeind zijn gekomen om afscheid te nemen, loopt er eentje in een oranje uniform voorbij. Hij bekijkt ze achterdochtig van top tot teen en loopt dan langzamer verder, terwijl hij af en toe over zijn schouder kijkt. Haast begrijpt dat haar lot aan een zijden draadje hangt, dat iemand vroeg of laat vragen zal komen stellen, maar het besef dat er gevaar dreigt maakt haar niet bang, het verleent haar een bijzondere status, een bevoorrechte plaats aan de zijde van haar vriend, en verbindt haar met hem, want nu hebben ze samen een geheim.

Je zou niet denken dat er in stadsparken zo veel verschillende vogels waren. Maar het is gewoon een kwestie van goed opletten! De blik oefenen! De Ouwe schrijft ze voor haar op in een schrift, met zijn keurige, spitse, ouderwetse handschrift: 1. merels, die zitten overal, zoals je ziet; 2. spreeuwen, let op, die imiteren het gezang van andere vogels, dat is verwarrend; 3. roodborstjes, die staan bekend om de snelheid waarmee ze een nestje kunnen bouwen – er was een keer een tuinman die om negen uur 's ochtends zijn jasje liet hangen en toen hij het om één uur 's middags weer ophaalde een nestje in zijn zák aantrof; 4. pimpelmezen, die kun je als natuurlijke insectenverdelger gebruiken, ze eten álles; 5. Europese kanaries, en hun onmiskenbare, oorverdovende roep, er zijn er niet veel, maar ze láten van zich horen; 6. tjiftjafs, heel klein en moeilijk te spotten; 7. kwikstaarten, de witte en de gele, natuurlijk altijd in de buurt van het water; 8. putters, het was een putter die de doorns uit Jezus' voorhoofd trok;

9. gierzwaluwen, die hebben zo'n uithoudingsvermogen dat ze al vliegend slapen... Zal ik doorgaan? Morgen maar verder, Ouwe, het zijn er zoveel, zegt zij.

Hij heeft op zijn telefoon een spelletje waarbij je de vogels moet herkennen aan hun roep. Het is heel leuk, zegt hij, laten we bij level 1 beginnen, en hij klikt: boomklever, ijsvogel, roodborstje, vink, zwarte kraai, kwikstaart, houtduif, grote bonte specht, groenling. Daarna komen ze in willekeurige volgorde: Pi-pi-pi-prrrrr... IJsvogel! Goed! Prii-prii-prii... Kwikstaart! Bravo! Kra-kruaa-kra-kruaa-kra... Houtduif? Nee, nee, luister nog eens: Kra-kruaa-kra-kruaa-kra... Grote bonte specht? Nee! Dat kan toch helemaal niet. De roep van de grote bonte specht is veel hoger, die lijkt er niet eens op. Nog een keer? Haast heeft hoofdpijn, maar ze probeert het nog eens. Groenling? Nee, nee en nog eens nee. Het is een zwarte kraai, luister goed, hij is zo herkenbaar! Maar Haast verveelt zich, ze heeft er genoeg van, al die vogelgeluiden lijken op elkaar, getjilp en gekras, wat doet het ertoe. Ze heeft hetzelfde gevoel als bij een toets op school waarvoor ze feiten uit haar hoofd moet leren die ze totaal onbelangrijk vindt, maar deze keer lijkt de examinator – de Ouwe – oprecht enthousiast en heel geduldig. Dus doet ze haar best en probeert het opnieuw, ze slaagt en gaat door naar level 2: leeuwerik, grauwe gors, kuifleeuwerik, bijeneter, fuut en kluut. Ze begint het leuk te vinden, krijgt de smaak te pakken, het gaat nu om meer dan hem niet teleurstellen, nu wil ze ook winnen. Wanneer ze binnen drie dagen alle vogels in één keer goed raadt, voelt ze een dwaas soort trots, ze glim-

lacht gelukkig en stelt voor door te gaan naar level 3, en de levels door elkaar te husselen.

Haast voelt aan dat de manier waarop de Ouwe praat niet helemaal normaal is. Om te beginnen heeft hij zijn volume niet onder controle: de ene keer fluistert hij en moet ze vragen of hij het nog eens wil zeggen – het lijkt dan net of het om een geheim gaat, maar dat is niet zo; de andere keer verheft hij plotseling zijn stem en schreeuwt, op het gevaar af dat hij de aandacht van de werklui trekt. Die schommelingen hebben niets te maken met zijn gemoedstoestand: hij klinkt niet zo omdat hij zenuwachtig of boos is en ook niet omdat hij bazig dan wel onderdanig wil doen. Na verloop van tijd begrijpt ze dat dit gewoon zijn stijl is: een afwijkende spreekstijl, die soms akelig klinkt en als onbeleefd zou kunnen overkomen als je er niet aan gewend bent. Hij zegt bijvoorbeeld: Haast, we zouden vandaag het vogelgeluidenspel kunnen doen, en schreeuwt erachteraan: ik heb nieuwe opnames bij me! Het zou een heel ander effect hebben, denkt ze, als hij het andersom deed: Haast, we zouden vandaag het vogelgeluidenspel kunnen doen!, en dan fluisterend: ik heb nieuwe opnames bij me. Vandaar dat Haast heeft geleerd om niets achter zijn woorden te zoeken en niet te letten op zijn toon, maar zich alleen te concentreren op wat hij letterlijk zegt, op de woorden zelf en hun onmiddellijke betekenis. De eigenaardigheden van de Ouwe zijn ongevaarlijk, denkt Haast, hoe verwarrend ze ook zijn. Wat ze bijvoorbeeld verwarrend vindt is het grote verschil tussen zijn gezicht van voren gezien, dat er

onschuldig en zelfs een beetje suf uitziet, en zijn gezicht van opzij, dat een in zichzelf gekeerde, wijze indruk maakt, alsof het de gezichten van twee verschillende mannen zijn.

Hij draagt altijd hetzelfde pak, zijn goede schoenen, linnen sokken; het zijn kledingstukken van uitstekende kwaliteit, dat kan zelfs Haast zien, die bepaald geen kenner is. De laatste dagen draagt hij in het borstzakje van zijn jasje een bedrukte zakdoek, die hij er zo in heeft gestoken dat er een perfect driehoekje uitsteekt. Ondanks de smoezelige manchetten van zijn overhemd en de vieze zomen van zijn broek besteedt de Ouwe duidelijk veel zorg aan zijn kleding, hij heeft overal over nagedacht. Nu het wat frisser begint te worden draagt hij ook een te grote, ouderwetse donkerbruine jas. Deze jas gaat al twintig jaar mee, vertelt hij. Voel maar, zegt hij terwijl hij haar zijn mouw voorhoudt. Laken van topkwaliteit, zo maken ze het niet meer!

In vergelijking met hem is Haast niet elegant, en dat weet ze. Voor haar zijn kleren er alleen om te bedekken wat ze niet mooi vindt. Ze draagt meestal sportkleding die een paar maten te groot is. Ze schaamt zich voor haar veranderende lichaam en probeert het te verhullen. Ik was liever een jongen geweest, zegt ze. Jongens letten niet de hele tijd op hun lichaam, zij krijgen niet steeds te horen dat dit of dat lichaamsdeel gegroeid is. Maar ze vindt de gemene opmerkingen van andere meisjes het ergst, de zogenaamde vriendinnen met wie ze door een samenzwering van volwassenen wordt gedwongen op te trekken, de wrede onderlinge concurrentie om te zien wie het knapst

is. Haast heeft er geen moeite mee de Ouwe hierover te vertellen, al gaat ze niet bekennen wat haar echte complexen zijn, die eigenlijk niet te maken hebben met groeien, zoals ze hem heeft verteld, maar met haar overgewicht, de puistjes op haar armen en haar broodhoofd. Ze wist niet dat ze een broodhoofd had, tot Marga dat vorig jaar in het bijzijn van de andere meisjes tegen haar zei en ze allemaal spontaan maar onschuldig begonnen te lachen, zodat ze niet boos kon worden – het was immers niet gemeen bedoeld – en niets anders kon doen dan een beetje geforceerd meelachen en zichzelf achteraf in de spiegel bekijken. Wat is een broodhoofd precies? Je hebt allerlei soorten brood, van dikke kadetjes tot dunne stokbroden, en toch begrijpt ze wel dat Marga wanneer ze *broodhoofd* tegen haar zegt meer dat eerste bedoelt: een rond, papperig, wit gezicht, en dat gezicht staat voor haar hele lichaam, haar hele wezen. Waarom voelt ze zich zo vernederd, zo erg dat ze er niemand over durft te vertellen? Marga heeft bijnamen voor iedereen, en ze hebben allemaal met eten te maken, maar niemand lijkt het zich zo aan te trekken als Haast. *Spaghettisliert* – dat is de slappe Patri –, *aubergine* – dat is de dikke, zwarte Lola –, *krulsla* – dat is Lidia met haar korte krulletjes –, *pompoensoep* – dat is de roodharige David –, *citroentjes* – dat is de andere Lidia, die kleine tietjes heeft –, *knakworst* – dat is de lange, slungelige Ruben. Waarom is *broodhoofd* erger, waarom kwetst het haar zo?

Zonder de Ouwe kruipt de tijd voorbij, gespannen uren die zo veel minuten tellen en allemaal op elkaar lijken.

Maar die overvloed aan tijd helpt haar nuances te onderscheiden, te zien dat elk moment een bepaald licht, een eigen geluid en zelfs een eigen geur heeft. Alles is voortdurend aan het veranderen, en die schijnbaar onbetekenende, minieme veranderingen die haar vroeger ontgingen, zijn nu belangrijk, verbazingwekkend zelfs. Haast observeert ze aandachtig en met oprechte belangstelling: de bouw en verwoesting van een mierennest, een nieuw insect dat van vochtigheid houdt, het mos dat tegen de stam van de Siberische iep op kruipt – nu weet ze wat voor boom het is, de Ouwe heeft het haar verteld – en eruitziet als de contouren op een landkaart, hoe de kleur en de dichtheid van het gras veranderen, het bonte schouwspel van de wolken, die nu sneller voorbij zeilen, voortgeblazen door een aanhoudende, koudere wind. Soms gaat ze volledig op in het bestuderen van een klein stukje aarde, een microscopisch klein ecosysteem met zijn minuscule flora en fauna, zijn toppen en dalen, en stelt ze zich voor dat ze daar in het verborgene leeft, beschut en gelukkig.

Het is erger wanneer ze denkt aan haar leven buiten deze bosjes, en zelfs nog erger wanneer ze uitrekent dat ze al bijna een maand aan het spijbelen is. Ergens weet ze dat elke verandering – de bouw en verwoesting van een mierennest, elk nieuw beestje of het oprukkende mos – onherroepelijk de weg naar het einde markeert. Dan voelt ze ineens een leegte in haar buik, gaan haar handpalmen zweten, krijgt ze slappe benen en een vreemd kriebelend gevoel in haar voeten.

De Ouwe is de enige die haar uit deze toestand weet te

trekken, met zijn gepraat of alleen al met zijn aanwezigheid.

Ook het humeur van de Ouwe is wisselvallig, hoewel hij meestal onvermoeibaar praat en het ene na het andere verhaal opdist over het gedrag van vogels: intelligent, vindingrijk, listig en zelfs achterbaks gedrag... Laten we ze niet idealiseren! Klauwieren zijn bijvoorbeeld enorme oplichters. Ze slaan vals alarm en wanneer hun soortgenoten geschrokken vluchten, pikken ze hun proviand. Ook koekoeken zijn bedriegers, die leggen hun eieren in de nesten van andere vogels zodat hun kuikens door adoptieouders worden gevoed, die niets in de gaten hebben, hoewel de indringers soms wel twee keer zo groot worden als zij! Nachtzwaluwen doen alsof ze een kapotte vleugel hebben om vossen bij hun nesten weg te lokken. En de opvallend gekleurde lieflijke kolibries zijn ontzettend promiscue – rare vogels allemaal! Haast luistert aandachtig, ze zoekt achter ieder verhaal de les die erin verscholen zou moeten zitten, want zo heeft ze verhalen leren interpreteren: de gebeurtenissen terzijde schuiven en op zoek gaan naar de moraal.

Maar de Ouwe heeft niet altijd zin om te praten. De laatste tijd observeert hij haar zeer belangstellend, alsof hij haar begint te zien als een van de vogels die hij bestudeert. Soms zwijgt hij en kijkt hij alleen naar haar, met droevige ogen en een hunkerende glimlach, alsof hij iets tegen haar wil zeggen en op zoek is naar de juiste woorden, maar ze niet vindt. Haast maakt zich zorgen als hij

zo doet. Ze denkt dat het haar schuld is, omdat ze de verhalen die hij haar vertelt niet interpreteert zoals het moet. Ze voelt zich traag, oninteressant, saai. Toch blijft hij haar elke ochtend opzoeken en hij blijft steeds langer; wat begon met een paar minuten, een half uur, is nu al een of twee of drie uur.

De Ouwe zoekt duidelijk iets in haar, iets wat Haast hem – vooralsnog – niet kan geven.

Hou je niet van andere dieren, van andere zangeressen? Haast heeft aan haar vader gevraagd of hij Nina Simone kende en hij zei van wel, natuurlijk wel, maar hij hield meer van haar tijdgenoten Aretha... Holiday of Billie... Franklin – ze heeft haar best gedaan de namen te onthouden, maar terwijl ze ze uitspreekt, weet ze dat ze ergens een fout maakt en gaat ze zachter praten. In ieder geval, er zijn dus andere, even goede of zelfs betere zangeressen, en er zijn op de wereld heel veel andere dieren, waarom houdt hij zich dan alleen maar bezig met Nina Simone en met vogels? De Ouwe peinst even voordat hij antwoord geeft en bekent ten slotte dat hij het niet weet. Hij is altijd zo geweest, zegt hij, stijfhoofdig en obsessief. Als hij zijn zinnen ergens op heeft gezet, dan laat hij het niet meer los! En als je iets – maakt niet uit wat – van heel dichtbij bekijkt, ga je er uiteindelijk altijd van houden. Daar heeft Haast zo haar twijfels bij. Sommige dingen blijken afschrikwekkend als je ze van dichtbij bekijkt, zegt ze. Toen ze een keer een insect onder de lens van een microscoop legde, of haar eigen huid, zag dat er monsterlijk uit, iets

voor in een nachtmerrie. Ze lacht terwijl ze het zegt, maar de Ouwe gaat er niet op in, hij trommelt zwijgend met zijn vingers op zijn knie en zijn mondhoeken trekken een beetje, alsof hij een zenuwachtig lachje probeert te onderdrukken. Na een tijdje vraagt hij of ze haar vader over hem heeft verteld. Dat ontkent ze meteen: nee, natuurlijk niet, ze heeft hem alleen gevraagd of hij van Nina Simone hield, meer niet. Haar vader was wel verbaasd dat ze Nina Simone kende, dat wel. Dat Haast zoveel van haar afwist, bedoelt ze, ze heeft hem namelijk verteld wat ze had onthouden. Dus loog ze maar dat ze dat allemaal op school had geleerd. En hij geloofde dat niet alleen, hij was zelfs heel tevreden. Geef je muzieklerares mijn complimenten, zei hij.

De Ouwe sluit zijn ogen, hij wrijft met zijn duim over het plekje tussen zijn wenkbrauwen. Zo begint hij te praten, met dichtgeknepen ogen, gefronst voorhoofd, zijn duim die op en neer gaat, en zijn stem klinkt metaalachtig, scherper dan normaal. Iedereen moffelt hem altijd weg, zegt hij. Iedereen, altijd, herhaalt hij. Ze begrijpt hem niet. Wegmoffelen, hoezo? Waar heeft hij het over? stamelt ze. De Ouwe gaat luider praten: niemand neemt me serieus! Iedereen schaamt zich altijd voor mij! Híj heeft haar over het leven van Nina Simone verteld, niet een lerares van school! Waarom verzwijgt zij hem nu ook? Haast verdedigt zich: Ouwe, ik kan mijn vader niet de waarheid vertellen, en mijn moeder ook niet. Ze zouden het nooit begrijpen. De Ouwe doet zijn ogen open, er staan tranen in. Wat zouden je ouders moeten begrijpen? vraagt hij. Er is niets

raars aan hem, niets slechts, of wel soms? Of denkt zij soms ook dat hij slecht en raar is?

(Het is niet de eerste keer dat de Ouwe haar verrast met dit soort onzinnige opmerkingen, maar wel de eerste keer dat hij zich zo laat meeslepen in zijn wanhoop en verdriet. Zo zit de Ouwe nou eenmaal in elkaar: hij legt verbanden anders dan anderen dat zouden doen, hij beoordeelt oorzaak en gevolg niet op dezelfde manier, hij vindt normaal wat anderen vreemd vinden, en omgekeerd, wat normaal is vindt hij juist vreemd, en toch is hij helemaal niet dom, denkt Haast: hij heeft zo veel kennis, zo veel feiten paraat; op het gebied van nutteloze onderwerpen is hij zo intelligent!)

Het was allemaal begonnen op een willekeurige ochtend. De wekker was op hetzelfde tijdstip gegaan als normaal, Haast bleef nog even onder de lakens liggen, stond met tegenzin op, waste haar gezicht en trok een joggingpak aan. Toen ze beneden kwam, waren haar ouders koffie aan het drinken; ze praatten zachtjes met elkaar en zwegen toen zij de keuken in kwam. Ze maakte een kopje Nesquik voor zichzelf en knabbelde aan een cakeje. Alles zoals normaal, zegt Haast, niets wees erop dat die dag anders dan anders zou zijn. Ze had niets gepland, ze kon niet weten dat het cruciale moment naderde, het moment waarop alles veranderde: ze ging de deur uit, liep de straat in, versnelde haar pas omdat ze aan de late kant was... en draaide zich om. Ze draaide zich om en ging nog sneller lopen, maar dan in tegenovergestelde richting. Zonder te weten

wat ze zou doen. Zonder te weten waar ze naartoe liep. Zonder te weten waarom of waarvoor ze vluchtte. Haar hart klopte als een razende, maar ze voelde zich vreemd opgelucht, gelukkig zelfs. Ze ging op een bankje zitten, haalde een paar schriften tevoorschijn en deed alsof ze erin las. Na een tijdje stond ze op, wandelde door een andere buurt, koos weer een bankje en bleef ook daar een tijd zitten doen alsof. Niemand lette op haar. Misschien kwam ze ouder over, als een meisje van zestien dat niet goed groeide – dat komt weleens voor: meisjes die achterlopen in hun ontwikkeling, die klein en kinderlijk zijn in vergelijking met de rest, meisjes tussen vrouwen. Zo bracht ze de hele ochtend zoet, ze zwierf rond tot het tijd was om naar huis te gaan. Ze rekende het juiste moment precies uit, haar vader deed de deur open, hij keek hetzelfde als de dag ervoor, de week ervoor: een routineblik waaruit geen enkele nieuwsgierigheid sprak. Ze lunchten samen. Haar moeder kwam later, ze vroeg of Haast veel huiswerk had, of ze straks meeging boodschappen doen. Allebei lief als altijd, ze hadden niets in de gaten. Ze had gedacht dat het op haar gezicht te lezen stond, maar nee. Het leven ging gewoon door, of ze nou wel of niet naar school ging. Toen wist ze dat ze er nooit meer heen wilde.

Maar nu moest ze nog iets van een verklaring hebben. Als ze bleef spijbelen, zou de school binnen drie dagen naar huis bellen om navraag te doen. Zo gaat het altijd: de leraren zitten de leerlingen op de huid om ervoor te zorgen dat ze naar school gaan, maar diep vanbinnen hebben ze liever dat er gespijbeld wordt, zodat zij minder

hoeven werken en wat meer rust hebben. Zo ging het ook met Hector, een zittenblijver die vaak spijbelde en alleen naar school ging om te klieren. Hector had niet de minste belangstelling voor wat er in die lokalen werd onderwezen; hij wilde bouwvakker worden, maar moest wachten tot hij oud genoeg was om te mogen stoppen met school. In de klas ging hij puur uit verveling op de tafels staan en trakteerde zijn klasgenoten op propjes papier of een tik in de nek. Hij was een keer wekenlang absent, tot er een onderwijsinspecteur opdook, die naar hem kwam informeren en wilde weten welke maatregelen er waren getroffen in verband met zijn verzuim. Schoolverzuim is strafbaar, jongens, vertelde hij de andere leerlingen, degenen die nooit spijbelden, en zijn toon was heel ernstig, dreigend.

Haar geval is niet te vergelijken met dat van Hector, want op haar rust geen verdenking. Zij kan rekenen op een motie van vertrouwen die hij nooit zou krijgen, want ze is altijd een gehoorzaam, gedisciplineerd, zelfs onderdanig meisje geweest, absoluut geen druktemaker, ze zou zich bijvoorbeeld veel te veel schamen om boven op een tafel te gaan staan! Maar dan nog heeft ze een of andere verklaring nodig voor haar afwezigheid. Eerst dacht ze erover op te bellen met een smoesje, daarna overwoog ze een brief te vervalsen. Ze zocht op internet en vond een paar formulieren waarmee je overplaatsing naar een andere onderwijsinstelling kon aanvragen. Er waren verschillende types: ze koos het type UOO (Urgente Onverwachte Overplaatsing). Goedbeschouwd was het niet eens zo raar:

als er plotseling iets veranderde op het werk van haar ouders of er iets anders onverwachts gebeurde, zouden ze moeten verhuizen, dat soort dingen kwamen vaak voor, zeker aan het begin van het schooljaar, toch? Ze vulde het formulier in, koos een willekeurige school in een naburige stad als nieuwe school, noteerde een vals telefoonnummer en faxte het document naar haar school vanuit de kopieerwinkel onder haar huis. Vooralsnog werkte het bedrog. Als iemand naar deze of gene instelling had gebeld om de verhuizing na te trekken of iets te vragen, wist Haast daar niets van. Haar ouders gedroegen zich gewoon, zij gedroeg zich gewoon, het leven ging gewoon door: het was duidelijk dat niemand de school nodig had.

Het is omdat ze je daar slaan, toch? Daar? Waar? Op school, toch? Nee, nee, dat is het niet, zegt Haast geschrokken. Nee? Slaan de leraren jullie niet? Toen hij naar school ging, was het heel gewoon om klappen te krijgen: slaag met een rietje op de handpalm, een ruk aan de oren, en voor de allerbrutaalsten een flinke oorvijg. Zelfs meevoelende leraren deden het, weliswaar minder vaak, maar ze deden het toch. Hij herinnert zich een leraar die van een elastiek en een zakje met een handvol kikkererwten een zweepje had geknutseld. Ze hadden gym bij hem en als het je niet lukte over de bok te springen of lang genoeg aan de ringen te hangen kreeg je ervanlangs met dat werktuig en schold hij je uit voor flikker, mietje of nicht. Hij was inderdaad een beetje verwijfd, geeft de Ouwe toe, met zijn platvoeten en zijn hoge stem, maar wat deed dat pijn, zegt hij

lachend terwijl hij eraan terugdenkt, en Haast is blij dat hij moet lachen, al wordt ze nu bang dat haar eigen problemen in het niet vallen bij de herinneringen van de Ouwe.

Nee, ze wordt niet geslagen, ze is ook nooit geslagen, ze laten haar alleen nooit met rust. Het enige wat ze wil, zegt ze nadrukkelijk, is met rust gelaten worden, maar dat gaat niet. Om de kinderen te toetsen vragen de leraren tegenwoordig of ze in groepjes willen werken, maar zij voelt zich niet op haar gemak als ze moet samenwerken. Als de groepen worden gemaakt valt Haast er steevast buiten en moet de betreffende leraar erbij komen om te zorgen dat ze niet wordt buitengesloten. Ze vindt het erger om gedwongen in een groepje te worden geplaatst dan de opdracht in haar eentje te doen. Haar klasgenoten bekijken haar om te beginnen al achterdochtig omdat ze tegen hun zin met haar opgescheept zitten. En Haast is niet sterk genoeg om zich te doen gelden, ze vervalt in een stilzwijgen waar niemand wat aan heeft. Ze vindt het niet erg om de opdrachten alleen te doen, ze is nooit lui geweest op school. Dat zegt ze ook tegen haar leraren, ze smeekt ze zelfs, maar ze luisteren nooit, ze moet van hen per se in een groepje, of ze nou wil of niet. In zo'n groepje is altijd iemand die het hoogste woord heeft, die de anderen manipuleert omdat hij of zij gewoon graag de baas speelt. Het is de bedoeling dat de leraren de leerlingen in groepjes verdelen om iedereen een gelijke kans te geven – zo zeggen ze dat: iedereen een gelijke kans –, maar ze bereiken het tegenovergestelde: ze maken de zwakken nog zwakker en

de sterken nog sterker. Natuurlijk is dat niet hetzelfde als geslagen worden, maar...

Dat is zeker niet hetzelfde, zegt de Ouwe. Dat van haar is erger! En hij weet waarover hij het heeft, hij kan het een met het ander vergelijken! In de kliniek waarin hij een tijdje geleden was opgenomen werden ook steeds groepjes gevormd. Een leesgroepje, een tuiniersgroepje, sport- en spelletjesgroepen! Ze verplaatsten hem van de ene naar de andere groep, maar het had geen zin. Ze wilden dat hij iets te doen had, maar hij werd er ellendig van. Als ze hem nou maar 's avonds hadden laten wandelen! Je mag wel wandelen, zeiden ze, maar op de toegestane tijdstippen en alleen op de toegestane paden. Maar op de toegestane paden en op de toegestane tijdstippen wandelde iedereen, alle patiënten kwamen elkaar daar tegen en moesten elkaar dan begroeten, terwijl hij in zijn eentje wilde wandelen. Wat een kwelling! Haast luistert stilletjes naar hem, zonder te weten over wat voor kliniek de Ouwe het heeft, over wat voor paden en wat voor patiënten, tot ze durft te vragen: was je ziek? De Ouwe haalt zijn schouders op en antwoordt: dat zeiden ze!

Bij vogels, of tenminste bij sommige soorten, heb je ook dominante en onderdanige individuen. Ze kunnen zelf niet kiezen wat ze worden: het is de natuur die dat bepaalt, ze worden elk met een ander verenkleed geboren! En het spreekt vanzelf dat de leiders de lekkerste hapjes en de gezondste vrouwtjes krijgen, dat zij bepalen wanneer ze gaan vliegen en waarheen, en dat de zwerm ze volgt. Bij

een experiment vroegen wetenschappers zich af wat er zou gebeuren als ze de zwakkeren zo camoufleerden dat ze voor sterken konden doorgaan. Ze verfden hun veren om ze te vermommen! Maar het had geen zin. De bedriegers werden verraden door hun lichaamstaal; het was geen kwestie van veren maar van zelfvertrouwen.

Met haar ogen tot spleetjes geknepen probeert Haast de moraal van dit verhaal te ontdekken. Bedoelt hij dat zij twee net als die geverfde vogels zijn? Maar de Ouwe praat nu weer over andere vogels: de exemplaren die het spelletje niet wilden meespelen. In de resultaten van het experiment werd bij deze vogels vrijwel niet stilgestaan, maar er waren individuen – weinig, maar ze waren er wel – die werden afgedaan als onbruikbaar. Deze informatie vond hij in de voetnoten bij het artikel, zo onbelangrijk werden die dwarsliggers gevonden! Maar waarom waren ze onbruikbaar? vraagt Haast. Omdat ze, toen ze waren geverfd, doodgingen van verdriet, ze wilden niet meer eten of vliegen, en probeerden niet eens toneel te spelen! Ze wilden tot geen enkele groep behoren, en als ze gedwongen in een groep werden geplaatst, hielden ze zich afzijdig, zelfs als dat verstoting tot gevolg had. Overleven in hun vermomming betekende voor deze vogels een langzame dood; ze verkozen een snellere, zonder bedrog.

De Ouwe heeft altijd zijn rugzak bij zich. Hij doet hem open om Haast te laten zien wat erin zit: de verrekijker, zijn boeken over vogels, knipsels uit kranten en tijdschriften, een etui met potloden – hij houdt van potloden, niet

van pennen –, de handdoek voor op het gras, een notitieboekje, zijn mobiel, de oortjes. Het is een oude rugzak, lichtgroen met versleten bruine riempjes, zoals soldaten of padvinders hebben. Die van Haast is van een goed merk, felgekleurd, met ritsen, waterdicht. Verwacht de Ouwe dat zij hem op haar beurt laat zien wat erin zit? Bij de gedachte voelt ze schaamte opkomen, ze beseft hoe kinderachtig de spullen zijn die ze bij zich heeft, had ze op zijn minst maar een pakje sigaretten, een aansteker of het polsbandje van een disco. Ze heeft niet eens haar mobiel bij zich – die mag ze niet meenemen –, dat niet eens. Alleen schoolboeken, een map met fluorescerende tabbladen, ook een etui, maar in die van haar zitten gelpennen in alle kleuren, restjes aluminiumfolie en servetten, schilletjes van zonnebloempitten. Haast is rommelig, terwijl de Ouwe systematisch en georganiseerd is. Zou jij de handdoek willen hebben? biedt hij aan, en zij schudt krachtig haar hoofd. Nee, nee, ze zou hem kwijtraken, zegt ze. Maar hebben ze dit gesprek niet eerder gevoerd? De Ouwe valt in herhaling, de woorden raken door elkaar, alles is mistig, ze is de tel van de dagen kwijt.

Hij woont dichtbij, zegt hij, vijf minuten lopen, in een flat met tien verdiepingen; hij zit op de achtste. Hij heeft een keukentje, een huiskamer zonder televisietoestel, een badkamer met een wc die steeds verstopt raakt, een slaapkamer met een eenpersoonsbed en nog een kamer, waarin hij de dozen met zijn spullen bewaart. Wat voor spullen? vraagt Haast, en hij vertelt het met tegenzin, alsof dat van-

zelf spreekt. Zijn tijdschriften! Zijn cd's! Zijn apparaten! Zijn notitieboekjes met aantekeningen! Een paar kledingstukken van zijn moeder! Borden, pannen die hij nog niet heeft gebruikt, maar die ze hem per se cadeau wilden doen! En hoe is het appartement waar Haast woont? Op welke verdieping is het? Zo ziet het er doorgaans uit in deze buurt: woningen in hoge gebouwen, bruine flats, groene flats, kleine ramen, balkonnetjes die lijken op de drinkbakjes in kanariekooien. Haast schudt haar hoofd. Nee, nee, zij woont in een huis, dat heeft ze al verteld; een paar jaar geleden zijn ze verhuisd naar een huis en dat was het moment waarop alles fout begon te gaan – voor haar althans, want haar broer is weggegaan. Het huis heeft twee patio's, eentje voor en eentje achter, er is een bergruimte, het is groot, schoonmaken duurt eindeloos. De straat staat vol met dat soort optrekjes; sommige bewoners parkeren hun auto op de voorplaats; andere niet, dat is het enige verschil. Maar waar zijn die huizen dan? Ik heb ze hier niet gezien! Natuurlijk niet, zegt Haast, want ze zijn hier ook niet; ze doet er lopend een half uur over om in het park te komen, weet hij dat dan niet meer? De Ouwe doet zijn ogen dicht, hij denkt na. Een huis is minder goed, zegt hij, want dat heeft geen uitzicht, hij heeft liever zijn flat met uitzicht, stel je voor, ik kan de snelweg zien, kilometers snelweg! 's Nachts is dat een bezienswaardig schouwspel, want dan branden de koplampen van de auto's, eindeloze colonnes auto's, twee kanten op, wat een gekkenwerk! Sommige willen in de ene richting en andere juist in de tegenovergestelde, en files, er zijn altijd files. Haast zou een keer bij

hem langs moeten komen om de snelweg van zo hoog te zien, ze kan zich niet voorstellen hoe mooi dat is, ze zou versteld staan. Ja, ze moet eens komen, herhaalt hij, hij zou het haar heel graag laten zien, onder de dakrand zitten zwaluwnesten, en als je geluk hebt, zie je hun kopjes tevoorschijn komen, nog zo'n mooi schouwspel! De Ouwe doet dit voorstel rustig, zonder van toon te veranderen, alsof het niet serieus bedoeld is, of alsof er geen kwaad achter steekt, en daarom maakt Haast zich geen zorgen, niet echt tenminste.

Ze begon zich ongelukkig te voelen toen haar broer wegging. Haar broer zei dat hij van haar hield, maar dat was niet waar, want hij vertrok zonder schuldgevoelens, hij moest wel, zei hij. O ja? Dat ergert Haast nog het meest: dat hij zijn vrije keuze verpakte als verplichting. Moet je soms verplicht een master gaan doen? Dat is één. En twee: waarom moest hij per se in het buitenland studeren? Waren de opleidingen hier soms niet goed genoeg voor hem? Of wilde hij zo ontsnappen aan deze plek, aan haar? Ja, natuurlijk had Haast hem gevraagd te blijven. Ze had gehuild, ze had gesmeekt, maar vergeefs. Hij keek haar medelijdend aan, verzekerde haar handenwringend dat het hem verschrikkelijk speet dat hij wegging, en vroeg of ze hem wilde vergeven, maar zijn woorden – 'het spijt me' en 'sorry', bijvoorbeeld – klonken zo onoprecht dat ze pijn deden. Haar broer is ouder dan zij, negen jaar ouder, en hij woont nu al tien maanden in het buitenland. Soms gaat Haast naar zijn kamer, waar nog veel van zijn kleren en

boeken liggen, om zich hem scherper voor de geest te kunnen halen, maar daar wordt ze nog verdrietiger van.

De Oude luistert aandachtig, hij knikt om te laten zien dat hij haar begrijpt. Tussen hen in een zakje Cheetos, dat ze gemoedelijk samen delen. Ze stopt even met praten om haar vingers af te likken, ze blaast haar pony uit haar gezicht, zodat haar haar niet vies wordt. Haar ouders zijn op leeftijd, daarom scheelt ze zo veel jaar met haar broer. Een keer insinueerde Marga dat ze zo'n baby was geweest waar niemand op rekende. Je ouders hebben niet goed opgelet, zei ze, en toen was jij er ineens. Marga zei het om haar te pesten, maar eigenlijk past het idee dat ze een ongewenst kind is precies bij het beeld dat Haast van zichzelf heeft; ik heb me altijd een buitenbeentje gevoeld, zegt ze. Maar dat ze een ongewenst kind was bleek niet waar te zijn. Toen ze de moed had opgebracht het te vragen, had haar moeder het nadrukkelijk ontkend. Ze was juist ontzettend gewenst, hield ze vol. Maar daarmee weet ik het natuurlijk nog steeds niet zeker, besluit ze, terwijl ze de laatste Cheetos-kruimels bij elkaar veegt.

Uiterlijk lijkt ze gelukkig op niemand. Ze gruwt van meisjes die precies hun moeder zijn: je ziet al hoe ze er in de loop der jaren op achteruit zullen gaan. Al barst ze van de complexen, ze weet in ieder geval niet hoe ze zich zal ontwikkelen, en soms gunt ze zichzelf haar eigen versie van het sprookje van het lelijke eendje: ze zal uitgroeien tot een beeldschoon, verleidelijk, mysterieus meisje. De Ouwe heeft gezegd dat ze mooie, dromerige ogen heeft. *Drome-*

rig vindt ze een interessant woord, al weet ze niet precies wat haar vriend ermee bedoelt. Zo'n beetje halfdicht, vraagt ze hem, alsof ik slaperig ben? De Ouwe schudt glimlachend het hoofd: dat zou dan meer *doezelig* zijn!

(De Ouwe kent veel woorden, je merkt dat hij veel gelezen heeft, al zegt hij van niet en houdt hij vol dat hij alleen tijdschriften over vogels leest. Nou, geeft hij toe, het kan ook komen doordat hij naar de radio luistert, elke avond luistert hij naar een programma waarin eenzame mensen naar de studio bellen en over hun leven vertellen, gewoon om hun verhaal kwijt te kunnen. Het programma bestaat al tientallen jaren en er is altijd wel een beller, er zijn genoeg bijzondere levens om over te vertellen, eigenaardige levens, vol eigenaardige woorden ook.)

Uiterlijk lijkt ze op niemand, herhaalt Haast, niet op haar vader, die lang en dun is, niet op haar moeder, die hoogblond is en fijne wenkbrauwen en een veel kleinere mond heeft, en natuurlijk ook niet op haar broer, die een hoekig gezicht heeft en sproetjes, net als haar vader. Gek genoeg hebben zij drieën dezelfde uitstraling, je ziet dat ze familie zijn, ook al hebben ze niet precies dezelfde trekken. Maar Haast heeft niets van hen weg, zegt ze, en terwijl ze het zegt, glimlacht ze trots: de laatste tijd vindt ze het prettig om zich anders te voelen, zelfs als anders slechter zou betekenen.

En hij? Heeft hij kenmerken van zijn ouders geërfd? De Ouwe kijkt haar met vochtige ogen lang aan; hij haalt zijn schouders op. Wat een vraag, zegt hij, hij lijkt op zijn vader, maar ook op zijn moeder. Hij lijkt op hen allebei, en hij

voegt eraan toe: dat is onvermijdelijk! Ze begrijpt niet waarom er zo'n gepijnigde, treurige uitdrukking op zijn gezicht is verschenen. Misschien mist hij zijn ouders. Misschien dat zijn ouders lang geleden zijn overleden, bij een ongeluk of zo, en dat hij dat nog niet heeft verwerkt. Ze weet niets over zijn familie, maar ze vindt het moeilijk ernaar te vragen nu hij zo reageert, nu hij zich van haar afkeert. Bij het minste of geringste gevoel van onbehagen of verdriet verandert de Ouwe altijd van onderwerp.

(Haast weet weinig over het leven van de Ouwe. Wat ze nu weet: dat ze hem op school sloegen, dat hij opgenomen is geweest in een kliniek, dat hij in zijn eentje op de achtste verdieping van een flat woont, dat hij al twintig jaar dezelfde jas draagt, dat hij geen belasting betaalt omdat hij niet werkt, dat hij bang is om irritant over te komen – al heeft hij dat steeds minder! –, dat hij liever met potlood dan met pen schrijft, dat hij 's avonds naar een radioprogramma luistert waarin mensen over zichzelf vertellen. Dat soort dingen, losse eindjes waarover hij op onvoorspelbare momenten en kriskras door elkaar vertelt. Als hij praat over onderwerpen waar hij iets van afweet, doet hij dat overzichtelijk, gestructureerd en valt hij in herhaling, maar als hij het heeft over zijn leven, of dat even aanstipt, praat hij zachtjes, maakt zijn zinnen niet af en laat van alles in de lucht hangen, alsof er geen verdere uitleg nodig is.)

Ze is al een halve vogelkenner. Wat haar in het begin zinloos en saai leek – de wetenschappelijke namen leren!, de

verschillende roepen herkennen! – is nu een leuk tijdverdrijf en zelfs een manier om zich te onderscheiden en zich beter te voelen dan de rest: ze weet zeker dat niemand, echt niemand van haar leeftijd zoveel over dit onderwerp weet als zij. En als ze later nou ornitholoog werd? En naar het regenwoud reisde om tropische vogels te bestuderen, en op een van haar expedities een nieuwe soort ontdekte, een ongelooflijk mooie vogel die geen mens ooit had gezien? Alleen de Ouwe is in staat haar grootse dromen aan te horen zonder te lachen. Hij luistert juist enthousiast en trots naar haar. Hij is hier al wat te oud voor, maar als het kon zou hij met haar meegaan naar het regenwoud! Ze zouden een fantastisch team vormen!

Hij doet haar een poster cadeau met zangvogels erop: de putter, de kneu, de groenling, de Europese kanarie… Ze weet ze met gemak te identificeren: hun uiterlijk, hun kenmerken. Ik zal hem in mijn kamer ophangen, zegt ze dankbaar, maar ze geeft hem geen kus, want ze heeft het gevoel dat dat ongepast zou zijn; niet alleen die kus, maar het idee van het cadeau alleen al, en het plan om zijn cadeau op te hangen in haar kamer, om de Ouwe op die manier haar kamer binnen te laten. Haar vader, die heeft gezien hoe enthousiast ze is over haar nieuwe hobby, noemt haar tegenwoordig *uilskuiken*, maar dan lief bedoeld. Hij zegt ook veelbetekenend dat ze rondloopt als *een kip zonder kop*, maar dat vindt ze niet erg, het is niet gemeen! Toch vindt hij dat soort vaste uitdrukkingen maar niks, zegt de Ouwe. Spreekwoorden en gezegden hebben iets ongrijpbaars, iets boosaardigs: dat dubbelzinnige, dat zo verwar-

rend is; hij snapt het nooit! Hij werd ook heel lang geplaagd met dat soort zinnetjes: *hij slaat door als een blinde vink* of *van een kale kip kun je niet plukken (maar je kunt hem wel een poot uitdraaien)*, echt niet grappig! (Haast weet wat hij bedoelt. Het is zoiets als zij voelt wanneer ze *broodhoofd* tegen haar zeggen, al zal ze dat nooit opbiechten.)

Ze lopen elkaar bijna mis. Wanneer de Ouwe aankomt, is de plantsoenendienst bezig met veel herrie het gras te maaien en de struiken te snoeien: zwaar geschut voor zoiets kleins, zegt de Ouwe later, wanneer hij terugkomt en haar op haar vaste plekje aantreft. Ze zijn net weg, toch? vraagt hij, en zij knikt terwijl ze op het pas gemaaide gras klopt, moet je zien hoe het eruitziet, en daar ook – ze gebaart naar de struiken –, eerst wezen de takken alle kanten op en nu is het perfect, veel te netjes, allemaal recht en strak, zegt ze, en ze trekt een afkeurend gezicht, zo schoon allemaal dat het zelfs anders ruikt. De Ouwe snuift. Ik geloof dat ze gesproeid hebben, zegt hij, en dan vraagt hij wat ze heeft gedaan toen de tuinlieden bezig waren, waar ze heeft gewacht. Ze zucht, ze vertelt hem de waarheid: eerst hing ze rond bij de vijver en keek naar de vissen, maar op een gegeven moment besloot ze het park uit te gaan, ze stak de straat over, naar de polikliniek, en daar heeft ze een tijdje zitten wachten. Niet binnen, daar zou ze in haar eentje te veel de aandacht trekken, maar buiten, op een van de bankjes bij het voorportaal met hellingbaan waar moeders met kinderwagens en patiënten in rolstoelen ge-

bruik van maken. Ze vertelt er niet bij wat een rotgevoel ze kreeg van dit gehuichel, terwijl ze probeerde niet op te vallen, daar in haar eentje met haar schooltas en haar haast veertien jaar. Er kwam een blonde, bleke vrouw naast haar zitten, die voortdurend naar Haast keek, tot ze werd gebeld en haar vergat. Daarna kwam er een verpleegkundige naar buiten, een jongeman met een tatoeage op zijn arm, die haar aanstaarde. Ze schaamt zich nog als ze aan die blik denkt. Ze rekte haar T-shirt uit om haar lichaam zo veel mogelijk te bedekken en liep weg uit het voorportaal, maar ze voelde zijn ogen nog steeds in haar lichaam prikken. De verpleger bleef daar een hele tijd staan, tot er een verpleegster naar buiten kwam, met wie hij zo te zien had afgesproken. Hij pakte haar bij haar middel, kneep in haar kont en fluisterde iets in haar oor; de verpleegster moest lachen en liep tevreden heupwiegend weg. Haast had zo veel zin om te huilen dat ze naar het toilet ging om haar tranen de vrije loop te laten. Ze huilde zonder te begrijpen waarom ze zich zo ongemakkelijk voelde; had ze die verpleger maar niet gezien, en die twee samen al helemaal niet, met hun privégedoe! Nu ze eraan terugdenkt, krijgt ze alweer tranen in haar ogen, maar de Ouwe merkt er niets van. Hij haalt een gids over eenden tevoorschijn, deze ken je niet, zegt hij, en ze doet haar best belangstelling te tonen, met een prikkende neus en tranende ogen, al komt dat misschien vooral doordat het gras net gemaaid is, zegt ze bij zichzelf, of die pesticiden waarmee ze hebben gesproeid.

Kijk, Haast, zegt hij, en hij laat haar een oude foto zien van toen hij jong was, begin twintig, hij heeft een enorme papegaai op zijn arm, zijn veren hebben fletse kleuren omdat het beeld slecht is, maar het blijft een indrukwekkende, prachtige vogel. Dit is Ruper, legt hij uit, hij was van een buurman. Hij is tegen het opsluiten van dieren in kooien, en zeker als het om exotische soorten gaat, maar Ruper was fascinerend, hij observeerde hem elke dag, bestudeerde zijn gedrag en zo leerde hij weer een heleboel bij over vogels; net als zij, net als Haast, gelooft hij in zelfscholing, waarom zou je naar school gaan, om van iemand anders te horen wat er in boeken staat? Is het niet beter om je terug te trekken en van een afstandje te observeren? Ze bekijkt de man op de foto, voor haar een oudere man, veel ouder, maar onmiskenbaar jonger dan de man die ze voor zich heeft, en natuurlijk ook knapper, verrassend knap. Op de foto is het haar van de Ouwe achterovergekamd, hij heeft een glimmende kuif, zoals een acteur uit een oude film, en hoge jukbeenderen, een glad voorhoofd en parelwitte, frisse tanden. Hij draagt een colbert en een vlinderdasje; wat hij daaronder draagt is niet te zien, want de foto is genomen vanaf zijn middel. De Ouwe kijkt glimlachend in de camera; hij is gelukkig. Wat is hem sindsdien overkomen, behalve de ouderdom? Veel meisjes moeten hem leuk hebben gevonden, dat weet Haast gewoon zeker. Waarom is hij nooit getrouwd? Waarom heeft hij geen kinderen gekregen? De Ouwe heeft het nooit over vrouwen of kinderen gehad, dus gaat Haast ervan uit dat hij altijd alleen is geweest.

Maar waarom denkt ze dat eigenlijk? Misschien moet ze haar kijk op de dingen bijstellen. Wie weet heeft de Ouwe een heleboel vriendinnen gehad, misschien heeft hij die nog steeds, wie weet heeft hij overal ter wereld kinderen gemaakt, misschien heeft hij nog meer stijlvolle, decadente geheimen zoals die kuif van vroeger. Dat is moeilijk voor te stellen als je hem nu ziet, met zijn versleten pak en zijn idiote haar, maar niet als je kijkt naar die foto, die eindeloos veel mogelijkheden blootlegt: een compleet verleden.

Eerst denkt ze dat ze per ongeluk in haar broek heeft geplast, maar wanneer ze beseft waar de nattigheid vandaan komt, slaat de schrik haar om het lijf, ze weet niet wat ze moet doen, haar handen trillen en ze heeft het ineens warm. Wat ze in haar onderbroek aantreft is eerder bruin dan rood en het is dikker dan bloed, gênanter dan bloed, al heeft ze gehoord dat dat alleen in het begin zo is, dat er later stromen echt bloed komen, liters en liters bloed die je onmogelijk verborgen kunt houden, en dat dagenlang. Wat nu? Wachten tot de Ouwe komt en het hem vertellen? Hem – uitgerekend hem! – vragen om wat doekjes of maandverband voor haar te halen? Doen alsof er niets aan de hand is terwijl haar kleren doordrenkt raken met bloed? Ze stopt een paar zakdoekjes in haar onderbroek en gaat bedrukt zitten wachten.

Het moest een keer gebeuren, maar waarom nou op deze manier?

Zij was een van de laatsten van haar klas, het duurde

zo lang dat ze moest liegen om gemene opmerkingen te voorkomen. Lesbo's worden niet ongesteld, wisten jullie dat? had Marga gezegd, en alle meisjes giechelden en gaven haar gelijk: ja, daarom kunnen ze ook geen kinderen krijgen... De keer dat haar moeder er met haar over wilde praten, wees ze haar af: daar heb ik helemaal geen behoefte aan! schreeuwde ze gepikeerd. Maar daar had ze wel behoefte aan, al is het nu te laat om dat toe te geven.

Hoelang zal dit duren? Hoelang is normaal? Kan ze doodbloeden als het niet stopt? Zullen de vlekken erg opvallen? En als het pijn doet? Mag ze daar dan over klagen of kan ze beter haar mond houden? Wat hoort ze te doen? Wat doen de anderen?

Als de Ouwe komt, bekijkt hij haar bezorgd. Wat is er met je? vraagt hij, je ziet er heel slecht uit. Haast begint meteen te huilen. Hij komt gebukt naast haar staan. Ze kan hem alles vertellen, zegt hij, hij is goed in geheimen bewaren, en hij zal bovendien zijn best doen haar te helpen! Maar Haast hoort hem wrevelig aan. Natuurlijk kan ze het hem niet vertellen. Dit zou een belangrijke dag moeten zijn in het leven van een meisje, het begin van een nieuwe fase – de dag waarop ze vrouw wordt! –, maar zij heeft juist het gevoel dat dit het einde is van alles, en dat de laatste schakel die haar met de buitenwereld verbond voor altijd is verbroken. Een vrouw? Als een vrouw zijn hierop neerkomt, dan wil ze geen vrouw zijn. De Ouwe staat nog steeds gebukt naast haar, in gedachten verzonken. Ga je het me niet vertellen? vraagt hij. Durf je me niet

in vertrouwen te nemen? Bij elke vraag gaat hij harder praten, en Haast herinnert zich hoe woest hij kan worden wanneer hij zich buitengesloten voelt. Ze is bang om hem opnieuw te kwetsen – hij verandert totaal wanneer hij boos is! –, maar deze keer weet ze niet hoe ze dat moet voorkomen. Rustig maar, Ouwe, het is een vrouwending. Een vrouwending? herhaalt de Ouwe, en zijn beginnende verontwaardiging slaat om in nieuwsgierigheid. Hoezo, een vrouwending? De menstruatie, legt Haast uit, en ze voelt zich meteen idioot – waarom heeft ze die kille, afstandelijke term gebruikt? De Ouwe kijkt haar verbijsterd aan, tot hij het begrijpt en zo rood wordt als een tomaat. Ik weet niet waar je het over hebt! zegt hij dan, hij buigt zijn hoofd en begint spullen uit zijn rugzak te halen, die hij hardop benoemt terwijl hij ze een voor een op het gras uitstalt. Handdoek! Verrekijker! Zoutjes! De biografie van Nina Simone geschreven door David Brun-Lambert! Er staan een stuk of wat fouten in, zegt hij terwijl hij met het boek zwaait. Daar vertel ik je zo over!

Maar dat doet hij niet. Deze dag is snel weg, en Haast ook. Want het gebeurt weleens dat meisjes de eerste keer zonder verdere vragen wat vroeger naar huis mogen van de leraar. Gelukkig zijn de hatelijke opmerkingen en het gegiechel van Marga en de rest haar bespaard gebleven: ze zouden meteen hebben gemerkt dat ze geen ervaring had. Dan was de reactie van de Ouwe een stuk beter: hij stak als een struisvogel zijn kop in het zand, maar hij zei in ieder geval niets.

Hij weet zoveel, waarom werkt hij dan niet? Goed, hij is oud – daarom noemt ze hem ook Ouwe, en dat is niet beledigend bedoeld –, maar hij is nog niet op de leeftijd om met pensioen te gaan, dus tenzij hij de loterij heeft gewonnen – en daar lijkt het niet op –, heeft ze hier te maken met een onbenut talent. David Attenborough is veel en veel ouder, echt een oud mannetje, en die komt nog op televisie met zijn documentaires, zou hij, de Ouwe, niet ook documentaires of reportages kunnen maken, of vogelgidsen kunnen schrijven? Haast is neerslachtig, ze snapt nog steeds niet waar elke maand leegbloeden goed voor is – volgens haar het zoveelste teken dat de wereld absurd in elkaar zit. Wat een verspilling, denkt ze, en dat gevoel is overgeslagen op het gesprek, dat ze vandaag rustig en op vertrouwelijke, melancholieke toon voert. De Ouwe komt wat dichterbij, hij zucht. Waarom hij niet werkt? Nou, hij moet toegeven dat er niet zo veel plekken zijn waar hij zich op zijn gemak voelt. Hij begrijpt niet waarom, maar hij wordt meestal afgewezen. Hij heeft natuurlijk niet de juiste diploma's, dat is zo, maar zelfs bij banen waarvoor je die niet nodig hebt, sturen ze hem na het sollicitatiegesprek altijd weg. Hij heeft allang geen ambities meer. Waarvoor problemen zoeken, dan kan hij net zo goed thuis blijven of in het park wandelen, nietwaar? Hij mist de tijd dat hij hielp in een vogelreservaat, dat wel. Hij werd er niet voor betaald, maar voor hem was het voldoende dat hij daar mocht zijn, omringd door wilde vogels. De kooien waren alleen voor de zieke vogels en de jongen die in gevangenschap werden geboren, ver-

der waren ze geheel vrij! In dat reservaat waren met uitsterven bedreigde soorten weer in aantal toegenomen, en hij had deel uitgemaakt van dat succes, daar is hij natuurlijk trots op! Haast komt een beetje tot leven en vraagt of hij er meer over wil vertellen, wat deed hij precies? O, hij hielp overal een handje, hij deed van alles, van het opruimen van uitwerpselen en het opvegen van dode bladeren tot het uitdelen van voer of het regelen van de thermostaat in de verblijven van de kuikens. Hij trekt nergens zijn neus voor op! Als hij wil, kan hij taai zijn! Hij knijpt zijn ogen tot spleetjes en zegt: o, wat vond ik het heerlijk om daar te zijn, wat was het een prachtig gezicht: de vogels in de waterplassen, de krooneenden en de flamingo's en ook veetirannen, purperkoeten, zwarte ibissen en ooievaars. Er kwamen daar ontzettend veel vogels, maar sommige exemplaren herkende hij feilloos en die gaf hij namen, de namen van zangeressen, zelfs als het misschien mannetjes waren: Aretha, Roberta, Billie, Diana, Linda en natuurlijk Nina, dat was een Stanleys kraanvogel, ook wel paradijskraanvogel genoemd, die langzaam en majestueus voortstapte. Hij maakte daar ook vrienden! De andere vrijwilligers waren ontzettend aardig, ze behandelden hem heel goed, heel vriendelijk. Vooral de vrouw van de vogelwachter, die hij vergezelde bij al haar taken; hij volgde haar als een schaduw, alleen om haar te helpen! Wat is er dan gebeurd, Ouwe? Waarom ben je daar niet gebleven? vraagt Haast met haar armen om haar knieën geslagen. Hij spert zijn ogen wijd open, alsof hij ineens weer terug is in deze wereld, op hun

schuilplaats zonder water, en hij kijkt naar zijn handen en zegt: niets, de samenwerking stopte en dat was dat. De ommekeer in zijn gedrag en zijn somberheid zijn zo duidelijk dat Haast al weet wat er nu gaat gebeuren: de Ouwe zal opstaan, zijn handdoek opbergen, voor de schijn over iets anders beginnen, afscheid nemen en haastig weglopen. Zo gaat het altijd als hem iets dwarszit, maar deze keer komt het Haast goed uit, want zij moet ook weg, om haar maandverband te verwisselen, een bliksembezoekje aan het toilet van de polikliniek, erin en eruit, want ze haat die plek, de polikliniek, al kan ze nu ze een vrouw is niet al te kieskeurig zijn, ze moet een wc in de buurt hebben – nog een nadeel van het vrouw-zijn, dat is duidelijk.

Dat het nog niet eerder heeft geregend is ongewoon; bijna heel oktober is er geen druppel gevallen, en nu ineens allemaal plensbuien. Wat een pech, zeggen ze tegen elkaar terwijl ze bezorgd naar hun schuilplaats kijken, die in een modderpoel is veranderd. De schoenen van de Ouwe zijn vies en de zomen van zijn broek zien er niet uit. Haast heeft een regenjas en laarzen, maar het is duidelijk dat ze hier niet kunnen blijven. Regendagen zijn verloren dagen, en in plaats van in de buurt rond te hangen of weer in de polikliniek te wachten kunnen ze beter ergens anders heen gaan. Maar ze vertrekken apart van elkaar; ze moeten zich in het openbaar niet samen vertonen, zelfs Haast zou het raar vinden om hem ergens anders dan in de bosjes te zien, in de buitenwereld, waaraan ze juist probeert te ontsnap-

pen. Ze kiest voor een bibliotheek in het centrum waar allemaal studenten zitten. Je ziet meteen dat zij een stuk jonger is dan zij, maar de zalen zitten zo vol dat niemand haar langer dan twee seconden bekijkt, zo onbelangrijk, zo onbetekenend is ze in deze vreemde omgeving, de volwassen wereld. Ze zou met de Ouwe hier, in de bibliotheek, kunnen afspreken, maar dan was het afgelopen met hun onzichtbaarheid; samen zouden ze zeker de aandacht trekken: zij, een jong meisje, en hij, een oude man. Als ze daarover fantaseert – niet over die ontmoeting in de bibliotheek, maar over de aandacht die ze zouden trekken en de vragen die hun relatie zou oproepen – voelt ze een vreemd soort genoegen – ze geniet ervan omdat het niet mag –, en ze verzint vaak scènes waarin de politie erbij komt en de Ouwe wordt gearresteerd, en er onder het dreigende licht van een schijnwerper een ondervraging volgt waarin vage, seksuele toespelingen worden gemaakt. Maar het je voorstellen is één ding, de goden verzoeken iets heel anders. Ze is als de dood dat zoiets in het echt zou gebeuren. Dus als het regent of dreigt te gaan regenen brengt ze de ochtend in haar eentje door in de bibliotheek en schrijft – ze moet toch íéts doen – een soort dagboek, waarin ze scènes beschrijft die zouden kunnen plaatsvinden, waarvan ze wel zou willen dat ze plaatsvonden, maar nee, nee, aan het eind van de dag verscheurt ze ze beschaamd. Ondertussen gaat de Ouwe vast ergens anders heen, plekken waar zij ook beter niet met hem gezien kan worden, zoals cafés of winkels of markten – dat weet Haast niet: wat de Ouwe doet als hij niet bij haar is.

Natuurlijk heeft ze wel gehoord over maniakken die het op kinderen hebben voorzien. Je hoort voortdurend verhalen over mannen die kinderen ontvoeren als ze uit school komen, en slechte dingen met ze doen, en ze zelfs martelen en vermoorden. Niet ver van haar buurt was een kind verdwenen, en er werd niets meer van hem vernomen tot ze twee jaar later zijn botten vonden, begraven op een bouwterrein. De ouders van Haast deden hun best om zachtjes te praten als ze het hierover hadden, maar dat had geen zin want de informatie zou haar toch wel bereiken. Uit de autopsie bleek, zo hoorde Haast op de televisie van de buren, dat de jongen voor en na zijn dood was verkracht. Die woorden, *voor en na zijn dood*, maakten nog meer indruk op haar dan de verkrachting op zich, want ze wist eigenlijk niet goed wat verkracht worden inhield, haar kennis hiervan was zo mistig dat ze die gerust opzij kon schuiven. Maar dat een maniak verschrikkelijke dingen had gedaan met een kind *voor en na zijn dood*, daar was duidelijk sprake van de dood, van een sterfgeval waarbij die maniak aanwezig was geweest en waaraan hij zich niet had onttrokken: de dood als onderdeel van het proces. De dag dat Haast de bijzonderheden van de autopsie hoorde, droeg ze een rode, te kinderachtige en te korte zomerjurk met een belachelijk boordje aan de mouwen. Na die dag wilde ze hem niet meer aan, haar moeder begreep er niets van, maar gaf haar uiteindelijk haar zin, want Haast kon heel eigenwijs zijn. Haast vertelde niet wat de ware reden van haar afkeer was, want die begreep ze zelf niet. Ze hoefde de jurk maar te zien hangen in de kast of ze kreeg

een onbestemd, onbehaaglijk gevoel waarvan ze wist dat het irrationeel was, maar dat nam het gevoel niet weg; er was iets veranderd.

Uiteindelijk waren dit allemaal maar woorden en symbolen, aangezien ze nooit een maniak van dichtbij had gezien. Zij noemde ze zo, *maniakken*, al had ze de laatste tijd ook het woord *pedofielen* horen vallen, wat wel ongeveer hetzelfde zou betekenen. *Geperverteerd* verwarde ze lange tijd met *gedeprimeerd*, en ze wist ook niet of dat specifiek met kinderen te maken had of over seksuele dingen in het algemeen ging. Zoals alle kinderen was haar tijdens haar opvoeding wantrouwen jegens onbekenden ingeprent: je moest niet met ze praten, geen cadeautjes aannemen, ze absoluut niet vertrouwen enzovoort. Maar Haast is nu haast veertien en de regels van het spel beginnen te veranderen. Als ze nooit contact zou hebben met onbekenden, zou ze niet vooruitkomen, denkt ze. Een bekende is eerst een onbekende geweest, dat kan niet anders: als we door het leven gingen zonder ooit een woord te wisselen met mensen die we niet kenden, zouden we nooit iemand leren kennen. Haar werd keer op keer verteld dat ze meer vrienden moest maken, dat het goed was om sociaal te zijn en slecht om de hele tijd alleen thuis te zitten. Ze dwongen haar om groepsopdrachten te doen met mensen van wie ze niets afwist, behalve dat ze van haar leeftijd waren en op dezelfde school zaten. Zijn het alleen daarom dan geen onbekenden? Wanneer gaat een onbekende over tot de categorie *eventuele vriend* en wanneer blijft hij steken in die van *potentieel gevaar*? Het is duidelijk dat de

Ouwe niet behoort tot de categorie vrienden die haar omgeving voor haar in gedachten heeft, hij neigt eerder naar de categorie maniak of perverseling, maar dan alleen vanwege zijn leeftijd en omdat hij niet bij haar op school zit. Verder ziet ze niet in waarom hij verdacht zou zijn. Hij heeft niet geprobeerd haar te ontvoeren, hij heeft haar niet eens aangeraakt.

Op de basisschool, zo'n drie, vier jaar geleden, kwam er een keer een psycholoog praten over seksueel misbruik. Ze vertelde de kinderen dat ze het tegen hun ouders of leraren moesten zeggen als een volwassene ze op een rare manier aanraakte. Op de vraag wat precies een rare manier was, antwoordde ze met een paar voorbeelden: een hand in je kruis, op je knie of je dijbeen. Een kind stak zijn hand op. Hij zei dat zijn leraar Engels hem soms in zijn nek greep, als grapje. Toen hem gevraagd werd of hij dat wat beter uit kon leggen vertelde het kind dat zijn leraar hem van achteren in zijn nek beetpakte en hem een tijdje zo vasthield en hard kneep, zodat hij niet kon wegglippen, maar als grapje, herhaalde hij. Maar bewoog hij zijn hand? vroeg de psycholoog, en: hoelang hield hij hem zo vast? Vijf minuten, zei het jongetje, al wist hij waarschijnlijk niet hoelang vijf minuten precies was. Een tijdje, zei hij toen, en hij speelde de scène na met zijn vriendje, terwijl ze dubbel lagen van het lachen. De psycholoog zei dat ze voor de zekerheid even met de leraar Engels zou gaan praten. Het nekverhaal is het enige wat Haast zich van het praatje herinnert.

De Ouwe heeft in ieder geval ook nooit zijn hand in haar nek gelegd.

Hij weet al dat je niet met kinderen mag praten, dat zeiden een paar politieagenten een keer tegen hem, maar gelukkig is Haast geen kind meer, dus zou het geen kwaad moeten kunnen, toch? Hij fronst zijn wenkbrauwen. Wat voor politieagenten zeiden dat dan, en waarom? wil ze weten. O, dat was lang geleden, vertelt hij. Hij wist niet dat het verboden was! Dat was ook wat hij tegen de agenten zei, dat hij nergens geschreven had zien staan dat je niet met kinderen mocht praten. Het ging zo: het was een heel warme dag en de Ouwe maakte zijn ochtendwandeling. Naast een school bleef hij staan om even uit te rusten; op het schoolplein speelden een paar jonge kinderen, van zes of zeven jaar! Hij vond het leuk om te zien dat de hete zon ze niets kon schelen, ze hadden geen last van de snikhitte. Ze huppelden rond, gooiden met waterballonnetjes en hingen de clown uit, terwijl de juf die op ze moest letten zich verderop in de schaduw koelte toewuifde. De Ouwe liep naar het hek, zei pst om ze te roepen en met ze te praten. Eerst kwam er eentje, brutaler dan de rest, en daarna volgden lachend de anderen, die een voor een hun verlegenheid overwonnen. De Ouwe zei tegen ze: gooi ook eens zo'n ballonnetje naar mij, ik stik van de hitte, ik wil een waterbommetje, en de kinderen gooiden er schaterend een naar hem. Hij ging op de grond zitten om nog wat te praten. Om op gelijke hoogte met ze te zijn, legt hij uit, want ze waren echt heel klein! Op dat moment zag hij aan de overkant van de straat zijn buurvrouw lopen, die geschrokken naar hem keek, al zocht hij daar op dat moment niets achter, hij stak alleen zijn hand op om haar te groeten

en bleef nog even bij de kinderen zitten. Ze hadden het over hoeveel water er in een ballon ging voordat die knapte en over hoe het gekleurde rubber steeds doorzichtiger werd naarmate de ballon opzwol. Hij legde ze uit dat er net zoiets gebeurde met de krop van een vogel als die zich volpropte met eten, maar dat een krop in tegenstelling tot een ballon nooit knapte. Hij ging zo op in het gesprek dat hij de agenten niet hoorde aankomen, hij had pas iets in de gaten toen hij de kinderen zag kijken, waarop hij zijn hoofd omdraaide en ze zag staan, twee politieagenten, een jonge en een oudere, allebei heel ernstig, heel professioneel. Wat doet u hier? vroegen ze hem. Hij praatte met de kinderen, zei hij. Er wordt niet met kinderen gepraat, zei de jongste, terwijl de oudste ze allemaal verjoeg, hup, hup, wegwezen, en ze uiteenstoven als bange kuikentjes op wie de paniek was overgeslagen. Iemand moest ook de juf hebben gewaarschuwd, die nu in alle staten kwam aanrennen, ze schreeuwde bijna, mijn god, mijn god, zei ze overdreven, wat afschuwelijk, wat verschrikkelijk, mijn kindjes, wat heeft u met mijn kindjes gedaan? Maar wat pas echt verschrikkelijk was, zei de Ouwe, was het opportunistische gedrag van die juf, die helemaal niet naar de kinderen had omgekeken voordat de politie er was! Mijn kindjes, mijn kindjes, schreeuwde ze, en zelfs de oudere politieagent, die haar geruststelde, leek zich te generen: maakt u zich geen zorgen, mevrouw, ze waren alleen aan het praten. Maar de andere agent, de jongere, was veel strenger, hij had ogen als staal, twee stalen knikkers, en heel dunne, strakke lippen, en die zei tegen hem: het is verboden om met kinderen

te praten, heeft u dat begrepen, meneer? Hij vroeg hem ook waarom hij die verrekijker bij zich had, wat was hij van plan daarmee te bekijken? Vogels, zei de Ouwe. Vógels, herhaalde de ander schamper. We willen u en uw verrekijker hier nooit meer zien, de volgende keer zullen we u moeten aanhouden om u een paar vraagjes te stellen. Een paar vraagjes? informeerde de Ouwe. Die vraagjes kon hij nu al prima beantwoorden, hij had er niets op tegen de zaak iets te vervroegen en hun het werk te vergemakkelijken, maar ze moesten zijn aanbod als een provocatie hebben opgevat. De jongste agent kwam heel boos en dreigend dichter bij de Ouwe staan en zei: heeft u me niet begrepen, meneer, of houdt u zich van de domme? De andere agent, de oudere, probeerde hem te kalmeren en zei dat hij hem met rust moest laten. Het is een arme idioot, zie je dat dan niet, zei hij. Dat kwetste de Ouwe veel meer dan de uitbrander: dat die agent, die duidelijk aardiger en begripvoller was dan de ander, hem had bestempeld als een *idioot*. Maar het allerpijnlijkste vond hij de ontdekking dat degene die de politie had gewaarschuwd zijn buurvrouw was geweest, de vrouw die vanaf de overkant van de straat naar hem had gekeken, de buurvrouw die hij al jaren kende, die hij altijd goedemorgen en een vrolijke Kerst wenste, voor wie hij tassen droeg als ze veel boodschappen had, die hij een houten vogelhuisje cadeau had gedaan en van wie hij altijd had gedacht dat ze hem mocht, al wist hij sinds die dag dat dat niet klopte! Wat een ontgoocheling!

Wanneer Haast zich door de opening in de struiken wringt, snuffelt de rat op zijn dooie gemak bij de boom rond. Hij tilt zijn kopje op en kijkt haar onverstoorbaar aan, totdat ze begint te gillen; dan pas rent hij in tegenovergestelde richting weg, maar niet bepaald hard. Haast heeft meer van schrik dan van afkeer gegild. De rat was niet eens echt lelijk; de manier waarop hij zijn kop omdraaide, met trillend snuitje en glinsterende bijziende oogjes, had iets sierlijks. Toch heeft ze liever niet dat hij terugkomt. Ze heeft gehoord dat ratten ziektes overbrengen, en dat ze agressief worden als ze zich bedreigd voelen en opspringen om in je gezicht te bijten. Haast wordt liever niet in haar gezicht gebeten. Ze is al lelijk genoeg zonder dat een rat een hapje uit haar gezicht neemt. Ze bedenkt dat ze gif zou kunnen kopen om op de schuilplaats neer te leggen. Maar wanneer ze dat aan de Ouwe vertelt, zwaait hij geschrokken met zijn armen. Geen dénken aan, zegt hij. Dat gif zou kunnen worden opgegeten door honden, door vogels, door elk diertje in de buurt. En wat de ratten zelf betreft: wil ze die echt zo'n afschuwelijke dood bezorgen? Ze doen toch helemaal niks, ze gaan ervandoor zodra er iemand aankomt! Haast schaamt zich meteen en doet alsof ze het voor de grap zei. De Ouwe zegt nog eens heel ernstig: dus absoluut geen gif. Gif is verboden! Aan gif dénken is zelfs verboden!

(Pas later komt Haast erachter dat hij een keer gif heeft ingenomen. Niet omdat hij dood wilde, biecht hij op, hij deed het alleen omdat hij wanhopig was en aandacht wilde, zelfs al wist hij dat hij het risico liep dood te gaan.

Zijn enige bedoeling was de mensen van de kliniek duidelijk te maken dat hij echt behoefte had om in zijn eentje te wandelen. Als ze hem in zijn eentje lieten wandelen, al was het maar heel even – 's nachts bijvoorbeeld, wanneer hij niet de kans liep iemand tegen te komen –, zou hij veel sneller herstellen, dan was hij in een mum van tijd de ouwe. Maar zijn plan pakte averechts uit. Ze begrepen er niets van. Ze lieten hem geen minuut alleen. Ze gaven hem nieuwe medicijnen, druppels waarvan hij de hele dag slaperig was, en zeer pijnlijke injecties waarvan hij een domme grijns op zijn gezicht kreeg. Hij besefte dat deze lui, de bovenkamerpolitie, hem pas met rust zouden laten wanneer hij punt voor punt deed wat ze van hem vroegen: roosters, medicijnen, corvee, groepsactiviteiten, gezamenlijke projecten et cetera. En natuurlijk absoluut geen gif! Toen hij van tactiek veranderde, was hij er na een jaar weg.

Maar dat weet Haast op dit moment allemaal nog niet.)

Kent ze die vogels die geen poten hebben en die, omdat ze nergens kunnen neerstrijken, hun hele leven in de lucht blijven? Steunend op haar elleboog kijkt Haast hem ongelovig aan. Dat kan niet, zegt ze, vogels zonder poten bestaan niet. Jawel, ze bestaan wel, houdt de Ouwe vol, ik heb er een keer een gezien! Eigenlijk heeft hij een dode gezien! Die was uitgeput neergestort, hij was lichtblauw en zijn lijfje was zo klein als een pink. Hij was licht als een veertje maar zijn gespreide vleugels waren heel breed en zo doorzichtig dat je de kleur van de hemel erdoorheen kon zien. Dat noem je camouflage, legt hij uit, bescherming

door middel van kleuren. Zo beschermen ze zich bijvoorbeeld tegen haviken en andere roofvogels, maar het betekent ook dat wij ze niet kunnen zien! Deze vogels, gaat de Ouwe verder, doen alles in de lucht, ze brengen hun hele leven daarboven door, ze eten en slapen vliegend, en komen alleen naar beneden om te sterven! Zo zou ik ook wel willen leven, mompelt Haast. De Ouwe glimlacht. Hij ook, er zijn een heleboel mensen die ervan dromen zoals deze vogels te zijn, steeds maar door te kunnen vliegen en ver boven het stof der aarde te blijven. Nooit verpest te raken, voegt hij er peinzend aan toe.

Ze kijken zwijgend omhoog, zoeken de hemel af. Ze vraagt om zijn verrekijker en vermaakt zich er een tijdje mee. Als hij nog eens een dode vogel zonder pootjes vindt, wil hij die dan meenemen om aan haar te laten zien? vraagt ze. Het is niet dat ze hem niet gelooft, maar ze vindt het echt moeilijk om zich zo'n schepsel voor te stellen en zou er alles voor overhebben om er een te zien. Kon je maar zo vrij zijn, denkt ze, vliegen zonder de aarde te hoeven raken, maar in werkelijkheid hebben alle vogels poten; wat de Ouwe haar heeft verteld moet wel een legende of een mythe zijn. Haast gelooft niet in mythes en legendes, maar ook dat zegt ze niet, ze wil de Ouwe niet boos maken of beledigen.

Haar muzieksmaak is beslist veranderd. De Ouwe betrapt haar op het neuriën van *Why don't you see it? Why don't you feel it? I don't know, I don't know. You don't have to live next to me, just give me my equality*, en onderbreekt

haar: Haast, heb je in de gaten wat je zingt? Ze had geen idee, ze neuriede maar wat. 'Mississippi Goddam', een van Nina Simones legendarische nummers! Ze schreef het in minder dan een uur! Het was een van haar eerste protestliederen! Het is niet de enige tekst die Haast onbewust heeft opgepikt, en ze is niet eens zo goed in Engels. De Ouwe ook niet, maar hij heeft alle liedjes in alle versies uit zijn hoofd geleerd, hij weet waar ze vandaan komen, wie ze heeft geschreven en wanneer, hij kent de vertaling, de betekenis en de geschiedenis ervan, en alle anekdotes erover, hij weet wanneer Nina ze voor het eerst zong en wanneer voor het laatst. Natuurlijk heeft hij het complete werk van zijn heldin verzameld, inclusief zeldzame opnames en langspeelplaten, zelfs al heeft hij geen platenspeler.

Het blijft Haast een raadsel hoe hij aan geld komt, maar het is haar duidelijk dat hij niet rijk is en het beetje geld dat hij heeft aan zijn hobby's uitgeeft. Ze krijgt de indruk dat het enige wat hij eet de snacks zijn die hij met haar deelt, en zoete broodjes die hij in zijn koffie verkeerd doopt. Hij heeft haar zelf verteld dat hij iedere dag drie broodjes koopt: een voor de vogels en twee voor hemzelf. Twee broodjes per dag, de zoutjes en misschien een banaan of zo – het enige fruit dat hij zich permitteert, vertelt hij: het goedkoopste, een bom fosfor! Dat moet zo ongeveer zijn basisdieet zijn. Wanneer Haast haar broodje uitpakt en de geur van worst zich verspreidt, kijkt hij zwijgend toe. Meestal biedt ze hem een hapje aan en dat slaat hij altijd af, maar dat is vast omdat hij zijn waardigheid wil bewa-

ren, denkt Haast, terwijl hij misschien ontzettend veel zin heeft om te proeven.

Op een ochtend verschijnt hij in andere kleren, niet in zijn pak maar in een te grote spijkerbroek en een groen-oranje gestreept shirt met lange mouwen. Hij straalt iets kwetsbaars uit, hij is duidelijk niet op zijn gemak en lijkt zich zelfs te schamen. Om ervoor te zorgen dat de broek niet afzakt, heeft hij een leren riem omgedaan die plooien vormt rond de bandjes. Hij lijkt wel een krop sla, denkt Haast, maar ze doet alsof ze niets in de gaten heeft. Dat blijkt niet nodig. De Ouwe begint zelf op trieste toon over zijn uiterlijk. Hij moest zijn pak naar de stomerij brengen en had alleen nog deze kleren om aan te trekken, kleren die hij gekregen heeft. Haast vraagt van wie hij ze gekregen heeft en ze vraagt ook waarom hij maar één pak heeft. Hij heeft er twee, zegt de Ouwe trots, een voor de winter en een voor de zomer! Ze zijn van uitstekende kwaliteit, ze kostten elk meer dan vijfhonderd euro toen hij ze kocht, en dat was lang geleden. Hij heeft ook verschillende overhemden, vier of vijf, en een paar dassen, maar alleen voor speciale gelegenheden! Omdat het goede kleding is, die niet in de wasmachine kan, brengt hij zijn wasgoed naar de stomerij als dat nodig is. Hij brengt alles in één keer, want je krijgt korting als je meer kleren tegelijk laat doen, daarom zit hij nu zonder! En de kleren die hij aanheeft – die verschrikkelijke spijkerbroek en het gestreepte shirt –, die waren van een vriend van hem uit de kliniek, hij kreeg ze toen zijn vriend doodging, samen met andere persoon-

lijke eigendommen. Zijn vriend ging niet zomaar dood, zegt hij even later: hij heeft zich opgehangen. Hij draagt de kleren van een gehangene!

Hij voelt zich vandaag echt somber en doet niet zijn best om Haast te ontzien. Zijn vriend pleegde zelfmoord, herhaalt hij, en nu draagt hij zijn kleren als hij niets heeft om aan te trekken. Voorheen bleef hij altijd thuis tot de stomerij belde dat zijn kleren konden worden opgehaald. Hij kan zo niet over straat, geen man zou ooit een spijkerbroek moeten dragen! Maar nu is het anders. Dit is toch geen reden om jou niet op te zoeken? zegt hij terwijl hij naar zijn kleren gebaart. Nee, natuurlijk niet, antwoordt Haast, al ziet ze hem liever in pak: in zijn pak is hij een gedistingeerde en zelfs mysterieuze oude man, die een verlopen soort elegantie uitstraalt. Nu lijkt hij een arme drommel, bijna een zwerver.

Haast heeft het nooit leuk gevonden om naar school te gaan. Toen ze klein was, kreeg ze van haar vader een snoepje als ze er zonder te zeuren naartoe ging. Als ze ook nog glimlachte en er tevreden uitzag – ze deed alsof – kreeg ze er zelfs twee. Snoepgoed als lokaas: die met citroen vond ze lekker, met een zachte, zoete vulling die ook een beetje scherp was. Ze waren groot en je moest er een tijdje op zuigen, totdat er op je tong een plakkerige, tintelende substantie vrijkwam en er een smaakexplosie plaatsvond. Volgens haar moeder waren ze niet gezond – te veel suiker! –, daarom gaf haar vader ze haar stiekem, al denkt ze nu dat dat geheimpje dat ze samen deelden ook bedoeld

was om het allemaal wat leuker te maken en Haast extra te motiveren. Uiteindelijk kreeg ze een afkeer van die snoepjes. De smaak deed haar denken aan de verplichte weg naar school, aan de kinderen die met hun rugzakken op de hoek van de straat op elkaar stonden te wachten en haar van alle kanten gadesloegen maar haar nooit recht in de ogen keken. Wat ze het moeilijkst vond was langs zo'n groepje te lopen. Dat vindt ze nog steeds.

Vorig schooljaar kreeg ze de map met aantekeningen van de decaan onder ogen. Haast moest bij haar komen om het te hebben over haar integratieproblemen – Haast zelf zou ze nooit zo genoemd hebben, *integratieproblemen*, maar de decaan moest even de kamer uit voor een persoonlijk telefoongesprek, zo noemde ze dat, een *persoonlijk telefoongesprek* – zo praatte de decaan altijd. Haast bleef op haar stoel zitten wachten, met tegenover haar de map van de decaan, van haar af gedraaid, opengeslagen bij haar naam. Om niet betrapt te worden probeerde ze te lezen wat er stond zonder van haar stoel te komen en ontcijferde ze de woorden op hun kop, wat best moeilijk was. En wat stond er? vraagt de Ouwe, die ook nieuwsgierig is geworden. *Integratieproblemen*, antwoordt Haast, rood onderstreept. En verder: *labiel, maar intelligent, heeft misschien het gevoel boven de anderen te staan.* Dat verbaasde haar heel erg, want Haast heeft ergens juist het gevoel ónder de anderen te staan, en het stoorde haar dat de decaan, die nog nooit een woord met haar had gewisseld, het tegenovergestelde had opgeschreven. Er waren ook aantekeningen over haar familie. *Stabiel gezin*,

stond er. *Ouders op leeftijd. Vrije beroepen. Tweede kind. Goede buurt.* Ze kon de verleiding niet weerstaan haar hand uit te strekken en dossiers te bekijken van andere kinderen uit haar klas. Ze las dingen als: *Gescheiden ouders. Luncht iedere dag bij oma. Achterstand sinds de basisschool. Problemen met kennisverwerving. Adhd? Hyperactief. Goed karakter, maar moeite met conceptualiseren. Sociale interventie noodzakelijk. Eetstoornis. Vraagt veel aandacht, komt thuis misschien liefde tekort. Goed geïntegreerd in de groep. Competitief en verantwoordelijk.* Ze sloeg de map met een klap dicht toen ze de voetstappen van de decaan hoorde. Glimlachend als altijd – rechte tanden, op hun plek gehouden door een onopvallende beugel – kwam ze de kamer binnen en ging weer op haar stoel zitten. Haast weet niet meer waar ze het over hebben gehad. Ze bleef maar denken aan wat ze had gelezen. Ze vond het een verschrikkelijk idee dat de leraren dit soort aantekeningen met elkaar deelden, dat ze over hen, de leerlingen, praatten en dossiers uitwisselden alsof ze plaatjes ruilden. De Ouwe knikt. Dat soort mappen gebruikten ze ook in de kliniek! Om een diagnose te stellen nemen de bewakers van de moraal het gezin onder de loep, verder komen ze niet! Het gaat op de een of andere manier altijd over de moeder, of ze er nou was of niet, of er nou van haar gehouden werd of niet, of ze nou jong was of oud, een mishandelaar of een controlfreak; zelfs als ze dood is, gaat het nog over haar! Hij vond het vreselijk als ze over zijn moeder praatten. Elke keer dat dat gebeurde, of hij die indruk kreeg – ze praatten en fluister-

den namelijk achter zijn rug – werd hij agressief. Er waren veel dossiers, veel rapporten in de kliniek, twee of drie kamers vol met rapporten in blauwe mappen, honderden, duizenden blauwe mappen propvol rapporten. Hij zou zijn eigen rapport in één zin hebben kunnen samenvatten: *Deze man moet wandelen.* In zijn eentje, zonder te worden gestoord! Dat zou genoeg zijn geweest, doodeenvoudig! Eigenlijk zouden alle dossiers, die van de patiënten en die van de leerlingen, in één zin kunnen worden samengevat. Zo veel blablabla!

Waarom zat je daar, Ouwe? durft ze eindelijk te vragen. Ze gelooft niet dat hij het haar niet wíl vertellen; hij gaat ervan uit dat ze het al weet, dat hij het niet hoeft uit te leggen, of hij is het misschien vergeten te vertellen, maar Haast heeft wel uitleg nodig. Hij kijkt haar niet-begrijpend aan en vraagt: daar, wáár? Ze verduidelijkt: in de kliniek, waarom werd je in die kliniek opgenomen? De Ouwe zit op de handdoek, in zijn lichte, inmiddels schone pak, dat net terug is van de stomerij, en uit zijn borstzakje steekt weer zijn netjes gevouwen zakdoek. Het is een gure ochtend met koude wind, de takken van de Siberische iep zwaaien, de blaadjes komen op hen neer; dag na dag, blaadje voor blaadje, wordt de boom kaler. De Ouwe zit na te denken en ze is bang dat hij zich eruit zal draaien, dat het toch geen kwestie was van vergeten, dat hij het bewust heeft verzwegen. Maar ten slotte begint de Ouwe te praten en hij zegt dat het de schuld was van de bovenkamerpolitie, het kwam niet door hem, hij heeft

niets gedaan waarvoor ze hem moesten opsluiten. Hij deed tevreden en gelukkig zijn werk, hij werkte toen in het vogelreservaat, weet ze nog, het reservaat? Maar de bovenkamerpolitie gunt iemand zoals hij geen geluk, iemand die niet een moeder en een vader heeft zoals de rest van de wereld, maar een moeder en een vader-opa in één! En zo iemand, gaat hij verder, terwijl hij zich steeds meer opwindt, een monster zoals hij, mag niet gelukkig zijn! En toen ze zagen hoe goed hij zijn werk in het reservaat deed, hoe efficiënt en professioneel, hoe punctueel en verstandig, toen ze zagen dat al hun theorieën over idioten, geestelijk gehandicapten en zwakzinnigen uit elkaar vielen en niet meer opgingen, besloten ze hem op te sluiten! Ze verzonnen een excuus om dat te doen, en voilà!

De ogen van de Ouwe gloeien, zijn haar is in de war en zijn bril zit scheef. Tijdens het praten heeft hij met bruuske, nerveuze bewegingen achtereenvolgens zijn verrekijker omgehangen, afgedaan, bijgesteld en opnieuw omgehangen. Geschokt stamelt Haast: je... vader was ook je opa? Ja, ja, je hebt het goed gehoord! antwoordt hij terwijl hij de verrekijker weer afdoet en hem een eind weg gooit, over de struiken heen. Waarom trek je precies zo'n gezicht als de rest? vraagt hij, en hij komt met een sprong overeind, vertrapt het gras. Een koude windvlaag dringt de schuilplaats binnen en Haast voelt eerder nieuwsgierigheid dan angst opkomen. Pas nadat er een stilte is gevallen en hij zijn verontschuldigingen heeft aangeboden, zijn verrekijker heeft opgeraapt en heeft gekeken of die niet beschadigd is, pas wanneer hij gekalmeerd lijkt – hij ademt rustiger en

kijkt niet meer zo boos –, vraagt ze of hij het uit wil leggen. Ouwe, ik begrijp het echt niet, fluistert ze.

Nou, eerst begreep hij het zelf ook niet! Hij begreep het pas heel laat, waarschijnlijk was hij niet haast veertien, maar ouder dan veertien, veel ouder! Dat je vader tegelijkertijd je opa is, is niet raar als niemand gezegd heeft dat het raar is, nietwaar? Voor hem was het de normaalste zaak van de wereld! Maar toen hij het eenmaal wist, begreep hij de steelse blikken en het gefluister, begreep hij waarom er nooit iemand op bezoek kwam, waarom zijn moeder zo stilletjes was en zijn vader rimpels en een wandelstok had. Het is een fout die hij als een gebrandmerkt rund voor altijd met zich meedraagt, en daarom hebben ze hem opgesloten, alleen daarom!

Sinds de Ouwe haar heeft verteld van zijn vader-opa, krijgt Haast het niet meer uit haar hoofd, ze voelt fascinatie en afkeer tegelijk. Voor zover zij heeft begrepen zijn de kinderen van leden van hetzelfde gezin – een broer en een zus bijvoorbeeld – meestal achterlijk, daarom vindt ze het lastig om erover te beginnen, dat zou wijzen op een ziekelijke of zelfs krenkende nieuwsgierigheid, bovendien komen haar ideeën en vooroordelen uiteindelijk uit dezelfde bron als die van de *bovenkamerpolitie*, zoals hij ze noemt, zijn vijanden. Toch is ze geïntrigeerd. Hoe heeft zoiets kunnen gebeuren? Vindt hij dat normaal? En waar is zijn familie nu? Hebben ze hem in de steek gelaten? Er zijn zo veel lege plekken in het levensverhaal van de Ouwe, zo veel dingen die ze niet weet, ook al praat hij aan één stuk door,

zoals nu, omdat het kouder begint te worden, over de vogeltrek naar Afrika. Hij legt uit dat veel vogelsoorten – de ooievaar!, de dwergarend! – vanwege de klimaatverandering hun route hebben gewijzigd. Het is moeilijk om de Ouwe te onderbreken als hij op zijn praatstoel zit, bijna onmogelijk om zomaar over te gaan op het persoonlijke, op privézaken, maar Haast wacht alert een geschikt moment af, dat ten slotte komt wanneer hij de tekst van Nina Simones liedje 'Blackbird' opzegt: *Why you wanna fly, Blackbird?/ You ain't ever gonna fly*. Het betekent: waarom wil je vliegen, zwarte vogel, je zult nooit vliegen, en het schijnt te gaan over de onderdrukking van de zwarte mensen in die tijd, maar misschien ook wel over hem, of zelfs over hen allebei, dat zou kunnen.

Langzaam zegt hij de tekst van het liedje voor haar op, en het zijn Nina Simones woorden die ze aangrijpt om naar zijn ouders te vragen, om precies te zijn de regels: *No place big enough for holding/ All the tears you're gonna cry/ 'Cause your mama's name was 'Lonely'/ And your daddy's name was 'Pain'*, die hij voor haar vertaalt als: er is niet genoeg ruimte voor alle tranen die je zult vergieten, want je moeder heet Alleen en je vader heet Smart. Alleen en Smart? zegt Haast. Wat een namen! Alleen lijkt op Aileen, ze heeft een tante die zo heet, en Smart zou een achternaam kunnen zijn, maar ze begrijpt dat het hier niet om echte namen gaat, het zijn symbolische namen. Zij heeft op dit moment alleen niets aan symbolen: ze heeft concrete informatie nodig, data en namen, en daarom houdt ze zich van de domme en vraagt – eindelijk durft ze

het hem te vragen – hoe zijn ouders heten, als ze nog leven, of hoe ze heetten, mochten ze zijn overleden.

De Ouwe doet zijn bril af en maakt hem schoon met een zakdoekje, dat hij openvouwt en daarna weer zorgvuldig dichtvouwt. Zijn vader is gestorven, zegt hij, hij was al heel oud, veel ouder dan zijn moeder, maar dat wist ze al! Hij heette Adrián en zijn moeder Adriana, vertelt hij, zijn bezitsdrang was er dus vanaf het begin! Er klinkt – misschien wel voor het eerst – verbittering in zijn woorden door, anders dan de boosheid die hij uitstraalt als hij over de kliniek of klimaatverandering praat. Maar je moeder leeft nog? waagt ze te vragen. Ja, natuurlijk, zijn moeder is nog jong, maar hij ziet haar bijna nooit, eigenlijk zag hij haar vroeger ook weinig, ze gingen afstandelijk met elkaar om, zij kon haar weerstand ten opzichte van hem niet overwinnen. Niemand heeft haar dat kwalijk genomen, iedereen vond haar een beetje raar! Nu lacht hij. Zij, die rare en ik, die gek, zo stonden we overal bekend. Maar zij is niet raar en hij niet gek. De verbindingen in zijn hersenen zitten gewoon anders in elkaar – sommige verbindingen, niet allemaal! – waardoor hij bepaalde dingen niet zo goed doet, niet zo goed kán doen, maar in andere is hij juist een kei, de beste die er is!

Zijn moeder? herhaalt hij in gedachten verzonken. Die woont in een verpleeghuis dat lijkt op zijn kliniek, ook daar draait alles om controle, maar zij wordt tenminste netjes behandeld omdat ze nooit voor problemen zorgt. Wanneer hij bij haar op bezoek gaat, houden ze elkaars hand vast en kijken ze zwijgend in elkaars ogen. Vroeger

was zijn moeder niet in staat hem zo aan te kijken, ze wendde steeds haar blik af. Nu bekijkt ze hem juist gretig, alsof ze de verloren tijd wil inhalen. Het lijkt alsof ze ergens naar op zoek is als ze zo naar hem kijkt, een antwoord! Maar het is niet makkelijk, weet je? zegt de Ouwe, het is niet makkelijk zo'n intense, onderzoekende blik te weerstaan! Probeer het maar eens, daagt hij haar uit, en hij kijkt Haast heel serieus aan, met wijd open ogen achter zijn net gepoetste bril, waaraan bij een van de pootjes nog een stukje papier kleeft, en terwijl hij voor het spelletje zijn lachen probeert in te houden en zijn best doet om het drama te vergeten, van onderwerp te veranderen en de sfeer te verlichten, ziet hij er in al zijn ernst zo bespottelijk uit dat ze uiteindelijk beiden in lachen uitbarsten.

De kliniek was zoals haar school, maar dan in het groot. Stel je maar voor, zegt de Ouwe, dat je daar de hele dag moet doorbrengen, tussen die muren, met normale leraren, normale leerlingen en normale lessen. Na een paar dagen zou niemand meer normaal zijn, iedereen zou zijn verstand verliezen, of niet soms? Kijk maar eens naar het wanhopige gedrag van vogels in kooien. Sommige proberen te ontsnappen, ze werpen zich tegen de spijlen en beschadigen hun snavel. Maar zulke vogels zijn in de minderheid; de meeste leggen zich uiteindelijk bij hun gevangenschap neer en zinken voor altijd weg in een soort apathie. Tamme vogels worden stompzinnig en zingen wel, maar zonder plezier, op de automatische piloot! In de kliniek zongen de patiënten niet, maar speelden mens-erger-je-niet of ze

kaartten of ze keken televisie: documentaires, rustige films waarvan je niet van slag raakte. De mannen en vrouwen daar werden behandeld als kinderen of bejaarden, terwijl velen van hen – velen van ons, zegt hij – jong of van middelbare leeftijd waren. Haast zou graag meer vragen stellen over het leven in de psychiatrische instelling – ze twijfelt er niet meer aan dat het om een psychiatrische instelling ging –, maar het enige wat ze uiteindelijk vraagt is hoelang hij daar gezeten heeft. De Ouwe haalt zijn schouders op: dat kan hij niet goed inschatten. De tijd verstrijkt daar anders, zegt hij. Langzamer? vraagt Haast. Nee, niet eens langzamer, maar anders! Hij laat zich niet op dezelfde manier meten!

Het begin was het ergst. Als hij nerveus werd, sloten ze hem op in zijn kamer en daar werd hij nog nerveuzer van. Ze dwongen hem om medicijnen te nemen, hoewel hij daar geen toestemming voor had gegeven. Ik verleen geen toestemming! protesteerde hij, maar zodra hij zijn mond opendeed om zijn beklag te doen stopten ze er een pil in, en soms hielden ze hem met een paar man in bedwang en injecteerden hem met kalmeringsmiddelen. Dat soort dingen deden ze bij iedereen, om ze lekker rustig te houden, en dan mochten ze nog dankbaar zijn dat er geen elektroshocks meer worden gebruikt! Nu noemen ze dat elektroconvulsietherapie! Maar het resultaat is hetzelfde: gebraden hersenen!

Terwijl Haast naar hem luistert, voelt ze eerst medelijden, dat later plaatsmaakt voor fascinatie: het leven van de Ouwe wordt steeds raadselachtiger en interessanter. De

Ouwe heeft een vader-opa en hij heeft in het gekkenhuis gezeten – nu noemt ze het zo: het gekkenhuis –, hij heeft een vreemd, duister verleden, hij is afgekeurd door de bovenkamerpolitie, die tegen hem samenspande en hem opsloot. Het zou kunnen dat ze vanmiddag, wanneer ze thuis met de deur dicht rustig op haar kamer aan haar bureau zit en doet alsof ze huiswerk maakt, over al deze dingen schrijft en ze hier en daar op passende toon een beetje verfraait: *Beetje bij beetje onthult hij mij zijn geheimen; hij fluistert ze in mijn oor; bevend luister ik naar hem; zijn stem is schor en kalm, zoals die van de slechterik in een griezelfilm, maar hij is niet slecht, ik geloof niet dat hij slecht is, al heeft hij misschien wel slechte dingen gedaan.*

Je vader was dus een monster. Een monster? Nee, hoezo? Geen groter monster dan degenen die hem kwelden in de kliniek! Zijn vader hield van hen. Van hen beiden, van zijn moeder en van hem. De Ouwe bewaart geen nare herinneringen aan hem, absoluut niet! Hij herinnert zich hem wel houterig, nors, kortaf. Groot. Heel groot! Hij was bijna twee meter, zegt hij, gelukkig heeft hij zijn lengte niet geërfd, als je zo lang bent, krijg je maar rugklachten. Verlegen. Hij was ook verlegen! Zijn gebit was er slecht aan toe omdat hij zich ervoor schaamde bij de tandarts zijn mond open te doen. Hij ging nooit ofte nimmer naar de dokter. Hij had bijna geen vrienden. Omdat hij zo verlegen was, niet omdat hij slecht was! houdt de Ouwe vol. Hij ging naar zijn werk in de fabriek – hij was loodgieter –, kwam thuis, hielp zijn dochter met het huishouden, dag in

dag uit, zijn leven lang! In het weekend gingen ze samen naar de kerk; hij was een zeer vroom man, maar hij ging nooit ter communie. Soms dronk hij veel, dan dronk hij tot hij erbij neerviel, maar dat gebeurde niet elke dag, en hij werd nooit gewelddadig. Hij hield veel van haar, van zijn dochter, zijn Adriana. Zoveel dat hij haar niet naar buiten liet gaan; hij was bang dat haar iets zou overkomen. Hij verjoeg iedere man die bij haar in de buurt kwam, en later ook iedere vrouw! In die tijd gingen de meisjes niet zo vaak de deur uit als nu. Dat zijn moeder de hele dag in huis opgesloten zat was niet meer dan normaal. Niemand keek ervan op, terwijl dat er waarschijnlijk juist voor heeft gezorgd dat dat ene gebeurde. De Ouwe denkt oprecht dat zijn vader geen kwade bedoelingen had. Hij moet in de war zijn geweest! De buren namen aan dat zijn moeder per ongeluk zwanger was geraakt, Joost mocht weten van wie. Dat dachten ze, of dat wilden ze denken, hoewel hij, de Ouwe, gewoon papa tegen zijn vader zei. Hij zei *papa* in plaats van *opa*, ook in het openbaar, op het plein, bij het kruideniertje waar ze hun boodschappen deden. Als kind bracht hij meer tijd door met zijn vader-opa dan met zijn moeder, die hem altijd ontliep en hem gehaast verzorgde, zonder met hem te praten of te spelen. Hij groeide op maar het duurde lang voordat hij het begreep, hij was zeker zestien toen de puzzelstukjes op hun plaats vielen! Hij dwong zichzelf tevergeefs om zijn vader-opa te haten. Sinds hij de waarheid kende, precies vanaf die dag, liep zijn leven spaak en werd hij ongelukkig. Dat was waarom hij troost begon te zoeken in vogels. Alleen wanneer hij

vogels observeerde en over ze las voelde hij zich veilig. Hij ontdekte bijvoorbeeld dat incest bij sommige soorten normaal is. Er zijn een heleboel vogels die vrolijk met elkaar paren zonder erop te letten of dat wel mag. Wie heeft het recht te zeggen dat dat ongepast is, dat ze daar onmiddellijk mee moeten stoppen? Hij natuurlijk niet! Gelukkig hebben de vogels hem verlost van zijn wrokgevoelens, en meer.

Met een knoop in haar maag zit Haast huiverend van de kou op hem te wachten terwijl ze op haar nagels bijt. Het is niet prettig meer om zo vroeg op de schuilplaats te zijn, vooral niet op dagen dat de zon niet schijnt, dan blijft het gras vochtig en dringt het vocht door haar kleren heen tot op haar huid, en de hele dag heeft ze een vies gevoel terwijl ze aan de leugens denkt. De leugen waarin ze nu leeft, denkt Haast, het bedrog, dat te maken heeft met de aangetekende brief die nu in haar zak zit. De Ouwe wringt zich door de bosjes en spreidt glimlachend zijn armen. Wat was er gisteren aan de hand? Waarom ben je niet gekomen? vraagt hij. Ik had koorts, Ouwe, zegt ze, en keelpijn, maar dat is niet belangrijk, dat was eigenlijk zelfs een geluk, want toevallig was ze alleen thuis toen de postbode kwam en was zij dus degene die de brief in ontvangst nam en ervoor tekende. De postbode is liever lui dan moe en knijpt graag een oogje toe als hij post aan minderjarigen overhandigt, zoals nu aan Haast; daarmee had ze ook geluk. Waar het om gaat is dat zij de brief nu heeft.

Ze steekt hem zonder meer de brief toe en de Ouwe leest

hem langzaam, terwijl hij zwijgend zijn lippen beweegt; hij staat nog, zodat langslopende plantsoenmedewerkers hem zouden kunnen zien, maar dat doet er voor een keer niet toe. Een bewijs van overplaatsing, zegt hij, dat is wat ze vragen, nietwaar? Ze knikt, en slikt. Een document dat verstrekt moet zijn toen de vorige school de leerling uitschreef, leest hij verder, een vereist document. Er is een vastgestelde termijn, zegt hij, heeft ze de brief tot het einde gelezen? Een termijn van vijftien werkdagen, zegt zij, en ze weet weliswaar niet precies wat een officiële werkdag is, maar wel dat een termijn van vijftien dagen heel kort klinkt. Wat gaan we doen? vraagt de Ouwe, en het doet haar goed dat hij de meervoudsvorm gebruikt, want nu is het een probleem van hen tweeën, hij laat haar niet in de steek. Wat gaan we doen? herhaalt hij, maar hij vraagt het niet klagend, hij is werkelijk op zoek naar een antwoord, een oplossing voor het probleem. En als we het document nou namaken? stelt Haast voor. Ze hoeft dan alleen een voorbeeld te zoeken op internet en dat te kopiëren, ze kunnen er zelfs een stempel op zetten, maakt niet uit waarvan, als het maar een stempel is. Hector, de jongen die zo vaak spijbelde, heeft tientallen doktersverklaringen vervalst en dat ging jarenlang goed, tot ze hem pakten. Het gaat erom tijd te winnen, zegt Haast, maar er trekt een koude windvlaag door de takken en er valt een handvol blaadjes op hen neer, waardoor ze eraan herinnerd worden dat tijd winnen geen zin heeft, aangezien de tijd toch wel doortikt en de winter eraan komt.

Niets doen kan ook! zegt de Ouwe. Hij weet uit ervaring

dat termijnen verstrijken en er niets gebeurt. Dit, zegt hij, en hij zwaait met de brief, dit, herhaalt hij, is niet meer dan een bureaucratische formaliteit, een document dat iemand heeft uitgedraaid en opgestuurd omdat dat op dat moment nou eenmaal moest! Maar er zal geen strikt gevolg aan worden gegeven, dat zul je zien. Iemand, een ander iemand, moet zich herinneren dat er sprake was van een termijn en dat die termijn is verstreken; iemand moet vaststellen dat er niet aan het gevraagde is voldaan; iemand moet bedenken welke nieuwe maatregelen er nu moeten worden genomen en dat ook doen! Als iemand, weer iemand anders, ergens in dit traject besluit om haar ouders te bellen, zou diegene erachter komen dat het telefoonnummer niet klopt, wat nog meer twijfel zou kunnen oproepen, maar... dat is ook een manier om tijd te winnen! Haast hoort de Ouwe redeneren, en ze voelt zich gesterkt door de zelfverzekerdheid waarmee hij de mogelijkheden nagaat. Luister, zegt hij terwijl hij naast haar bukt en zijn hand op haar arm legt – hij legt zijn hand op mijn arm, registreert Haast –, we hebben nog veel tijd. Misschien sturen ze een tweede en een derde brief voordat er drastische maatregelen worden genomen. Zo gaat het meestal, legt hij uit, de bureaucratie werkt nou eenmaal met termijnen, die zijn niet te vermijden, ze verstrijken langzaam, stapje voor stapje, maar het gaat langzaam!

Ook Nina Simone werd door de bovenkamerpolitie aangepakt. Om haar woede te verklaren en de antiracismeboodschap van haar liedjes te ondermijnen werd ze als

psychisch ziek bestempeld, ze gaven haar medicijnen en stelden haar buiten gevecht! Dat ze androgyn was, zeiden ze, had waarschijnlijk te maken met een bipolaire stoornis. En haar razernij met psychotische episodes. Maar hoe moest het dan met alle mensen die haar bewonderden? Waren die ook gek? Hij schatert het uit, volledig in beslag genomen door zijn verhaal. Ken je Nick Cave? vraagt hij dan. Langzaam herhaalt Haast: *nik keef*... Nee, wie is dat? Een van de vele muzikanten die haar aanbaden. Eind vorige eeuw stonden ze op hetzelfde podium, en in die tijd was Nina al flink door de mangel gehaald! Voorafgaand aan het concert werd haar gevraagd of ze iets wilde drinken. Ze was gaan liggen, met gesloten ogen, nu tilde ze haar hoofd op, deed haar ogen open, en weet je waar ze om vroeg? Het doet Haast denken aan een scène uit een film waarin een terdoodveroordeelde zijn laatste maaltijd mag bestellen. Nou, wat dan, Ouwe? vraagt ze. Moet je nagaan hoe schitterend, zegt hij: champagne, cocaïne en worstjes! Champagne, cocaïne en worstjes, herhaalt hij. Briljant! Een geniaal antwoord! Zij begrijpt niet waarom dat geniaal is. Vermoedelijk alleen omdat Nina het gezegd heeft – reden genoeg voor de Ouwe. En kreeg ze dat? vraagt ze voorzichtig, want ze is geschrokken van de vanzelfsprekendheid en de opwinding waarmee de Ouwe het woord cocaïne in de mond neemt. Ja, natuurlijk, een diva krijgt alles wat ze wil! Voordat Nina begon te zingen, nam ze haar kauwgom uit haar mond en plakte die aan de zijkant van de piano; het verhaal gaat dat Nick Cave hem eraf heeft gehaald, in een servetje heeft gestopt en heeft

bewaard, als een relikwie. Hij, de Ouwe, heeft de platenmaatschappij van Nick Cave geschreven om te zeggen dat hij die kauwgom wil kopen! Hij heeft duizenden dollars geboden, en zo veel geld heeft hij natuurlijk helemaal niet, maar je kunt nooit weten, het gaat erom de eerste stap te zetten, maar hij heeft nooit antwoord gekregen! En waarom wil hij een uitgekauwd kauwgumpje? Wat een onzin, Ouwe, fluistert Haast een tikkeltje misprijzend.

(Wanneer de Ouwe vol bewondering over zijn diva praat, valt ze ten prooi aan een mengeling van gevoelens die ze tot noch toe niet kende, waaronder ongetwijfeld ook jaloezie.)

Op school hebben alle meisjes een vriendje, flapt ze er ineens uit, zonder aanleiding, terwijl ze naar de grond kijkt en met haar gympen in de aarde wroet. De Ouwe bekijkt haar onderzoekend, hij begrijpt niet wat ze daar precies mee wil zeggen, of ze dat goed vindt of juist niet. O, nee, het maakt me niet uit, zegt ze als hij ernaar vraagt, het is alleen dat ze nu allemaal een vriendje hebben, alsof het in de mode is, vorig jaar had niemand een vriendje – nou, een of twee meisjes misschien, de meisjes die lichamelijk het verst waren – en nu heeft iedereen een vriendje, ze vormen een stelletje met de eerste de beste, zelfs al vinden ze die jongen niet leuk, gewoon, omdat je een loser bent als je geen vriendje hebt. En jij? Heb jij een vriendje? Ze schudt krachtig haar hoofd. Nee, natuurlijk niet, gatverdamme. Ze zal nooit, maar dan ook nooit een vriendje hebben. Jongens zijn walgelijk. Ze maken de hele tijd irritante

grapjes en doen wie de beste is. Zo grof en zo weinig inhoud. En wat doen de meisjes dan met hun vriendjes? Onwillig geeft Haast antwoord, alsof ze niet zelf over dit onderwerp is begonnen: ze gaan naar de bioscoop of naar het winkelcentrum, ze verschuilen zich in het park om te zoenen, in het weekend spreken ze af in de jeugddisco, die om elf uur 's avonds sluit, een verschrikkelijke plek: ze is er een keer geweest en wil er nooit meer heen.

De Ouwe zwijgt, hij kijkt bezorgd. Maar Haast, roept hij ten slotte uit, er is niets mis met verliefd worden, op een dag overkomt het ook jou en dan zul je het begrijpen! Hij is ontzettend vaak verliefd geweest en het is heerlijk! Alsof er een laagje boter over de wereld is gesmeerd en alles beter is en lekkerder smaakt! Ze trekt laatdunkend een wenkbrauw op: wat een rare vergelijking, denkt ze. En ze is trouwens al een keer verliefd geweest, zegt ze hooghartig, dus ze weet hoe het is, het is verschrikkelijk, weerzinwekkend, het zal nooit meer gebeuren. Het was een tijd geleden, voordat haar broer uit huis ging, ze was twaalf jaar. In die tijd werd haar broer vrienden met een nieuwe jongen die overal ging waar hij ging. Op hem, op die vriend, werd ze verliefd. Ze had nog nooit zoiets voor iemand gevoeld. Ze dacht de hele dag aan hem, fantaseerde over hem. Ze zat alleen op haar kamer en ineens hoorde ze zichzelf zomaar zijn naam zeggen, en ze ging helemaal op in die naam, in het herhalen van zijn naam, ze schreef hem eindeloos vaak, overal: op de muur, in haar schriften, op de rug van haar hand en op de beslagen spiegel. Haar hart maakte een sprongetje wanneer ze hem samen met

haar broer hun huis hoorde binnenkomen. Hoewel haar trillende benen haar gevoelens verraadden, kwam ze tevoorschijn en veinsde onverschilligheid, probeerde zijn interesse te wekken: een boek onder haar arm, neergeslagen ogen, blote voeten en een rinkelend enkelbandje. Hallo, zei ze, en ze voelde al het bloed naar haar wangen stijgen. Hallo, antwoordde hij, en aan die twee lettergrepen – aan de herinnering – had ze voor een paar dagen genoeg. Een keer was haar broer niet thuis toen zijn vriend langskwam. Haar moeder zei dat hij binnen op hem kon wachten, hij zou zo komen. Haast kwam op het idee om voor hem langs te lopen, ze deed alsof ze iets zocht in een van de lades van de kast waar hij naast zat. Haar moeder was niet in de buurt toen hij vroeg in welke klas ze zat – alsof hij dat niet wist; hij wilde duidelijk een gesprekje met haar aanknopen. Ze kletsten een tijdje over van alles en nog wat. Ze liet haar voorzichtigheid varen en probeerde met halfdichte ogen verleidelijk te kijken. Ze had zich goed voorbereid: met over elkaar geslagen benen zat ze naast hem te praten over zijn favoriete rockband, waarover ze zo veel mogelijk te weten was gekomen. Hij glimlachte en gaf haar onverwacht een kus op de mond. Haast week verrast achteruit, maar boog zich daarna juist naar hem toe, voor meer. Nu was hij degene die terugdeinsde. Bijdehandje, zei hij, en toen: op een dag zul je heel knap zijn, weet je dat? *Op een dag*, in de toekomst, benadrukt Haast, snap je? Zo liet hij haar dus weten dat ze nu níét knap was, dat ze voor hem nu nog niet meetelde. Toen haar broer thuiskwam, kneep Haast er gegeneerd tussenuit. Maar ze

kon ze horen praten toen ze de deur uitgingen. De vriend zei: ik geloof dat je zusje een oogje op me heeft. Arm meisje, zei hij erachteraan. *Arm meisje*. Haar broer lachte, waag het niet bij mijn zusje in de buurt te komen, dreigde hij, maar dat zei hij duidelijk voor de grap, niet om haar te verdedigen, het was eerder een aanval, zoals hij haar tegenover zijn vriend voordeed als een klein kind, een dom, arm meisje, het kleine zusje. Nu wordt ze dus nooit meer verliefd, herhaalt Haast, dat staat vast. Ze zal nooit een vriendje hebben en ook niet trouwen en ook geen kinderen krijgen, ze is tegen alle dingen die je hoort te doen, want uiteindelijk word je toch maar uitgelachen. Iedereen lacht om zussen, echtgenotes en moeders, of gebruikt ze om anderen te beledigen. Maar Haast wordt dat allemaal niet. Ze is zelfs van niemand de zus meer, want haar broer is naar het buitenland vertrokken, dus het is alsof ze geen broer meer heeft, alsof ze die nooit heeft gekend.

Op een dag barst ze onverwacht in huilen uit en neemt de Ouwe haar op schoot. De lichamelijke intimiteit die dan spontaan ontstaat is nieuw en maakt hen beiden ongemakkelijk. Toch blijven ze een paar minuten zo zitten terwijl ze in hetzelfde ritme ademhalen en hij met zijn handen door haar haar gaat – de eerste keer dat hij haar liefkoost – en zij haar armen op zijn benen laat rusten en haar hoofd tegen zijn buik. De Ouwe vraagt niet waarom ze huilt. Dat is een overbodige vraag: dat zou je moeten kunnen aanvoelen. Haast doet ook niet haar best om het uit te leggen. Ze weet dat dat van hem niet hoeft. Het is de rust, alleen

die rust, onderstreept door het gezang van een pimpelmees – hoor je, een pimpelmees? is het enige wat de Ouwe zegt –, en de koude lucht, de naderende winter, de wind als dreigende voorbode.

Ik ben niet bang voor de dood, zegt ze trots. Ze gelooft in reïncarnatie. Ze heeft een paar boeken gelezen met wetenschappelijke bewijzen. Ze zou graag reïncarneren als poes, maar niet zomaar eentje, het moet een zwerfkat zijn, een straatkat. Straatkatten zijn vrij, zegt ze, en ze zijn prachtig en ze hoeven zich tegenover niemand te verantwoorden, overdag doen ze niets anders dan slapen en zich wassen, en 's nachts schoppen ze herrie. De Ouwe slaat zijn armen over elkaar. En als hij nou als een vogel reïncarneert? Als hij bijvoorbeeld terugkomt in het lijfje van een mus? Dan zou zij hem vangen, hem eerst met haar ene poot en dan met haar andere poot treiteren tot hij versuft was, hem bij zijn nek grijpen en hem in één hap verorberen! Nee, nee, corrigeert Haast, ze zou hem onmiddellijk herkennen, het doet er niet toe in welke gedaante je terugkomt, er blijven altijd overblijfselen van je ziel bestaan – zo noemen ze dat, heeft ze gelezen: overblijfselen van de ziel. Door middel van de juiste prikkels komen deze overblijfselen tot leven en worden er allerlei herinneringen losgemaakt, zegt ze stellig. Dus als we vroeger iets anders waren dan nu, zouden we ons iets moeten herinneren van onze vorige levens, zegt de Ouwe. Haast kijkt ernstig, ze denkt na. Inderdaad, besluit ze, dat moet wel zo zijn, daarom voelen zij twee een band, ze hebben elkaar herkend omdat ze in hun vorige

levens ook een band moeten hebben gehad, misschien waren ze wel flamingo's die samen de Straat van Gibraltar overvlogen of roeiden ze zij aan zij met Cervantes op een galei; ze konden met zijn tweeën katoen hebben geplukt in Alabama, of ze waren twee katjes uit hetzelfde nest in het oude China, of koeien in India of moeder en zoon in Siberië. Ze werpt een steelse blik op de Ouwe en waagt het erop: het zou zelfs kunnen dat ze in een ander leven verloofden waren, weliswaar in een ander lichaam en op een andere plek, maar toch. Ze heeft het nog niet gezegd of ze bijt beschaamd op haar lippen.

(Nu zelfs in deze stad, waar het bijna nooit koud is, de kou ten slotte is gearriveerd en nu de plantsoenmedewerkers misschien – dat zou kunnen – argwaan beginnen te koesteren, is het einde in zicht, het is er bijna. Haast draagt een donsjack, dat ze het liefst de hele dag aanhoudt, en een pluchen trui, waar ze op gaat zitten wachten tot haar vriend komt. In haar binnenste borrelt iets, ze wil dat er wat gebeurt, ze heeft een ontknoping nodig die aansluit bij haar blinde, vruchteloze opstandigheid. Of misschien haalt ze de dingen gewoon door elkaar, verwart ze verwachtingen, angsten en vooroordelen met de werkelijke situatie, waar geen naam voor bestaat. Ze koestert de schimmige momenten, die ze beziet door de ogen van een ziek meisje met problemen. Mannen kunnen geen vrienden zijn met kleine meisjes, hebben ze haar altijd verteld, sterker nog: het is *onmogelijk* dat een *oude man* bevriend raakt met een *klein meisje*. Een ouwe vent is niet te ver-

trouwen, hij heeft verborgen bedoelingen, smerige bedoelingen. Dat is de regel, niet de uitzondering, en wat er over ouwe mannen in het algemeen wordt gezegd is ook van toepassing op deze ouwe, haar Ouwe, waardoor zijn eigenheid volledig wordt weggevaagd. En dan is de Ouwe ook nog eens heel vreemd, hij voert niets uit, hij werkt niet, hij heeft altijd een verrekijker bij zich, hij houdt van lezen over vogels en leert liedteksten van Nina Simone uit zijn hoofd; de Ouwe had een vader-opa en een moeder die hem niet aankeek; hij is opgenomen geweest in een psychiatrische kliniek waar hij moest worden vastgebonden en platgespoten, zodat hij niemand iets zou aandoen; de Ouwe heeft maar twee pakken, een voor de zomer en een voor de winter, en wanneer hij die naar de stomerij brengt, draagt hij de kleren van een vriend die zelfmoord heeft gepleegd. Ze vermoedt dat de Ouwe arm is, maar ze vindt het heerlijk om zich voor te stellen dat hij rijk is; ze vermoedt dat hij geen gevaar vormt, maar om het plaatje kloppend te maken moet ze hem wel als gevaarlijk zien. Ze wil niet blijven zitten zonder verhaal. Ze moet een verhaal hebben om te vertellen.

Ze schrijft in haar dagboek, soms maar een regel, soms een paar kantjes; hele stukken over haar verzonnen leven, een leven waarin niemand haar broodhoofd noemt, waarin geen pestende klasgenoot rondloopt die Marga heet, waarin haar broer niet de broer is die ervandoor ging, en de vriend van haar broer niet degene die haar *arm meisje* noemde, en de Ouwe niet de Ouwe is die net door de struiken komt lopen en met samengeknepen ogen door

zijn verrekijker tuurt om te zien wat voor parkiet er op de hoogste tak van de Siberische iep is neergestreken.)

Ouwe, ik heb laatst een buurmeisje over jou verteld. Hij heeft wat hij *een juweeltje* noemt meegebracht om aan haar te laten zien: een vroegtwintigste-eeuwse Franse ornithologische publicatie met zeer versleten bladzijden – het lijkt wel kant, zegt hij terwijl hij de randen streelt – en prachtige kleurenillustraties van *perroquets* en *cygnes*. Hij had er een fortuin voor neergeteld, vertelde hij toen hij aankwam, een fortuin, maar hij moest het gewoon kopen, het lag in de tweedehandsboekwinkel bedolven onder allemaal waardeloze boeken, zo zonde, hij moest het redden! Luister je wel? vraagt Haast met haar armen over elkaar en ingetrokken kin. De Ouwe kijkt op, hij denkt na over wat ze heeft gezegd. Waarom? vraagt hij. Hoezo waarom? Het was logischer geweest als hij bijvoorbeeld had gevraagd: wat? Wat heeft ze over hem verteld? Maar *waarom*? Je zei dat je geen vriendinnen had, zegt de Ouwe nog steeds verstrooid, terwijl hij heimelijk in zijn boek bladert. Het is geen vriendin, antwoordt Haast, ik zei toch dat het een buurmeisje was. Een buurmeisje van mijn leeftijd, voegt ze eraan toe. En waarom heb je haar over mij verteld? vraagt hij opnieuw, duidelijk ongeïnteresseerd. Haast bijt op haar nagels; ze weet niet goed hoe ze verder moet. Ze wilde weten wat haar buurmeisje ervan denkt. De Ouwe legt het vogelboek voorzichtig opzij, hij kijkt haar aandachtig aan – nu wel. Wat ze wáárvan vindt? Terwijl hij praat, trekt hij grassprietjes uit de grond, die hij tussen

zijn vingers fijnwrijft. Wat ze ervan vindt dat we vrienden zijn, dat je me hier elke dag komt opzoeken, dat je me helpt spijbelen en al het andere. Help ik jou spijbelen? Nee, het is niet echt hulp, stamelt Haast, het is meer dat hij haar niet veroordeelt en haar adviseert wat ze moet doen, zoals niet reageren op die brief over dat document. En wat denkt ze over mij, dat buurmeisje van jou? vraagt de Ouwe. Ze raadde me aan het direct aan jou te vragen. Wat? Of je hier ook zou komen voor ieder ander meisje of dat je speciaal voor mij komt. Ik begrijp het niet, zegt hij. Of je gewoon iemand nodig hebt om mee te praten, over je vogels en Nina Simone en haar dingen, of het niet uitmaakt wie het is, een jongen, een meisje, een man of een vrouw, als het maar gezelschap is, of dat het specifiek om mij gaat, om iets wat je leuk vindt aan mij. Natuurlijk gaat het om jou, ik maak toch geen praatje met de plantsoenmedewerkers of de vrouw bij wie ik elke dag broodjes koop, ik kom voor jou! Maar waarom? wil Haast weten, en nu is zij degene die vraagt waarom. Heeft ze iets wat hij leuk vindt? Iets waarvoor hij elke dag terugkomt? Is het iets wat hij nu al heeft of wat hij op een dag van haar verwacht te krijgen? Ze wil zo snel mogelijk ergens op uitkomen, een bepaalde afloop, maar de Ouwe maakt het haar niet makkelijk. Mannen houden toch van jonge meisjes? Ze slaat beschaamd haar ogen neer. Is dat wat er tussen hen gaande is? Nee, nee, nee... De Ouwe fronst. Nee, zegt hij weer, op zijn erewoord, dat is het niet, ze hoeft niet bang te zijn! Wie heeft haar op die gedachte gebracht? Was het dat buurmeisje? Hadden ze niet afgesproken dat ze elkaar

kenden uit een vorig leven en elkaar daarom hebben herkend?

Nu is ze stil, terwijl ze erachter probeert te komen wat het probleem is. Vindt de Ouwe haar niet leuk? Is het omdat ze lelijk is, omdat ze dik is, omdat ze puistjes op haar armen heeft, omdat ze nooit iets heeft meegemaakt wat de moeite van het vertellen waard is, omdat ze geen verleidelijke, schorre stem heeft zoals andere meisjes? Is het vanwege haar broodhoofd? Veel meisjes worden door mannen belaagd. Daar heeft ze over gehoord. Het gebeurt de hele tijd. Ze worden bijvoorbeeld lastiggevallen op internet. Maar ook in het echt. Door de pianoleraar of de leraar Engels. Of 's middags door de tennistrainer of de zwemleraar. Een buurman. De vader van een vriendinnetje. Wat is er dan mis met haar? Vindt niemand haar aantrekkelijk? Zelfs de Ouwe niet? Hij is weer met zijn aandacht bij zijn vogelboek, zijn juweeltje, en laat haar de plaatjes zien, alsof het gesprek niet heeft plaatsgevonden. Ze bijt op haar lippen, ze probeert het trillen van haar kin tegen te gaan.

Het gaat helemaal niet goed. Haast heeft een samengeknepen maag van de zenuwen. Om de hoek, of liever gezegd, achter de struiken loert het gevaar, en het komt elke dag iets dichterbij. Nu zit ze echt in de nesten. Ze vertelt het met verstikte stem aan de Ouwe. Ze zat te lunchen met haar ouders, zegt ze, toen er werd aangebeld, het was een politieagent. Ze schrokken alle drie ontzettend, dus het was niet verdacht – althans niet al te verdacht – dat Haast

in huilen uitbarstte zodra ze hem zag. De agent stelde hen gerust, ik kom alleen een aanmaning overhandigen, zei hij, het is maar een formaliteit, maar zo moet het, een officiele overhandiging, en de aanmaning kwam van de onderwijsinspectie of van de sociale dienst, dat begreep Haast niet goed. Heb je de brief gezien? vraagt de Ouwe. Nee, alleen maar heel vluchtig, maar ze hoorde ze erover praten, er stond niets in over de aanleiding, er stond überhaupt niets bij, en er werd ook niet meer om documenten gevraagd. Het was een oproeping, voor een *comparitie*, zeiden haar ouders: een datum, een tijdstip en een plaats, en het is over een paar dagen. Nou, zegt de Ouwe, als het over een paar dagen is, vergeten ze het misschien!

Ze huivert. Hoe kunnen ze dat nou vergeten! Ze zijn ontzettend bezorgd! Natuurlijk vroegen ze haar of er iets was wat ze hun niet had verteld. Dingen als: ben je lastiggevallen? Heeft iemand je iets aangedaan? Hebben ze je bedreigd? Hebben ze je geld gevraagd? Haast heeft alles ontkend. Geen van hun vragen kwam ook maar in de buurt van de waarheid. Als dat wel het geval was geweest, had ze alles waarschijnlijk opgebiecht, maar ze kunnen zich gewoon niet voorstellen wat zij de afgelopen twee, bijna drie maanden heeft gedaan. Toen haar moeder voorstelde om haar mentor te bellen om te vragen wat er aan de hand was, stortte Haast echt in, ze wierp zich op de grond, ging op haar knieën zitten en smeekte haar om niet te bellen. De mentor maakte haar altijd belachelijk in het bijzijn van de anderen, loog ze. Ze konden haar er beter buiten laten, alsjeblieft, alsjeblieft. Haar moeder was stom-

verbaasd. Goed, zei ze. Ze beloofde haar niet te bellen en de afspraak af te wachten, maar Haast weet niet of ze zich daaraan zal houden of dat ze het alleen maar zei om haar gerust te stellen. Ze vreest dat laatste.

De Ouwe spreidt de handdoek uit, haalt twee zakjes chips tevoorschijn, biedt er haar eentje aan en zegt: een nieuwe smaak: gruyère! Haast grijpt met beide handen haar hoofd vast. De Ouwe begrijpt er niets van, denkt ze, hij beseft niet dat het een kwestie van dagen, of zelfs uren is voordat ze wordt gepakt, voor er weer een politieagent voor de deur staat en haar arresteert. Het spel is bijna afgelopen en Haast is bang, en ze heeft haast. Ze weet niet wat er gaat gebeuren, of hoe, en ook niet wat ze precies moet doen om te zorgen dat het gebeurt.

Maar er moet iets gebeuren, nu meteen.

Ze vindt het makkelijker om zich voor te stellen hoe ze het later opbiecht, aan een vriendin bijvoorbeeld – zelfs aan Marga – of aan een vriend – ja, beter nog aan een vriend! –, hoe ze met een gekwelde uitdrukking op haar gezicht het perverse, vervloekte, misbruikte meisje uithangt, het meisje dat langs de afgrond scheerde en het kan navertellen. De Ouwe merkt niets van de verandering die zich in haar voltrekt, van haar plotselinge vastbeslotenheid, en dat maakt het moeilijker, aangezien ze nu bij nul zal moeten beginnen, en zonder hulp. Ouwe, zegt ze, maar ze weet niet hoe ze verder moet. Ouwe, zegt ze weer terwijl haar ogen hem smeken om mee te werken, maar hij begrijpt het niet. Wat is er, Haast? Wil je niet proeven? vraagt hij, terwijl hij haar opnieuw de chips aanbiedt. Nee, zegt

ze, en meteen erachteraan, in een opwelling – waar komt die ingeving, die wijsheid vandaan? –, ik voel me niet goed, ik heb pijn, hier, aan mijn been. Aan je been? Hoezo? Heb je je gestoten, ben je gevallen? Ja, ik ben gevallen, en ze kreunt, maar haar gekreun klinkt zangerig, niet zo geloofwaardig. De Ouwe staat op, komt dichterbij, laat eens zien, zegt hij – precies wat ze wilde horen. Haast komt ook overeind, maar dan schaamt ze zich ineens, ze geneert zich vreselijk bij de gedachte haar lichaam te laten zien, al is het maar een klein stukje blote huid, dus gebaart ze vaag naar haar joggingbroek: hier, hier doet het pijn. Maar ben je gewond, is er bloed, is het een blauwe plek, wat heb je, Haast? Met een ruk trekt ze haar broek omlaag.

(En het is geen toeval dat de plotselinge stilte tussen hen wordt verscheurd door het gezang van een spreeuw. Zij herkent het: een spreeuw, denkt ze. Ze is inmiddels goed getraind.)

Haast staat in haar onderbroek, met haar joggingbroek op haar knieën. De Ouwe doet een stap achteruit, meer van zijn stuk gebracht door haar bruuske beweging dan door de aanblik van haar blote dijen. Ik zie niets, zegt hij, en dan trekt ze haar onderbroek omlaag. En zie je nu wel wat? schreeuwt ze.

De Ouwe deinst achteruit, onthutst bedekt hij zijn gezicht met gespreide vingers, zijn dikke, lelijke vingers vol sproeten. Wat doe je? Wat heb ik je gedaan? vraagt hij, alsof ze hem op deze manier straft. Ze blijft onbeweeglijk staan, als aan de grond genageld. Haar armen en benen zijn verstijfd, alle warmte stijgt naar haar gezicht en de rest

van haar lichaam koelt af, wordt ijskoud. Bedek je, Haast, fluistert de Ouwe, met zijn vingers nog voor zijn gezicht, maar het duurt even voordat ze dat doet, want haar spieren gehoorzamen niet. Ze ziet dat hij bang is, maar ze weet niet precies waarom. Is het omdat hij zou kunnen worden betrapt door de plantsoenmedewerkers, juist nu hij in de knel zit? Of omdat hij haar afstotelijk vindt, omdat hij van haar gruwt? Ze barst in tranen uit, net zo van slag als hij. De Ouwe komt dichterbij, alsof hij haar wil troosten, maar stapt dan weer achteruit, terwijl hij zijn vingers beetje bij beetje laat zakken en zijn ogen tevoorschijn komen, uitpuilende ogen die heel anders kijken dan normaal, zo heeft hij nog nooit naar haar gekeken. Haast heeft haar broek inmiddels opgetrokken, met haar onderarm veegt ze haar tranen weg, ze snikt. Haar wanhoop is ook nieuw; zulk verdriet heeft ze nog nooit gevoeld. Zij werpt zich op hém, slaat trillend haar armen om hem heen en drukt zich tegen het verstijfde lichaam van de Ouwe aan. Vind je me niet leuk? vraagt ze. Vind je me niet leuk? De Ouwe zwijgt en zij legt haar hand op zijn broek, ze tast naar hem. Ze weet niet hoe het verder moet, ze heeft moeite met de rits. De Ouwe beweegt zich niet, hij hijgt alleen zachtjes, een hoog geluid, tussen kreunen en huilen in, en zijn ademhaling wordt dieper en dierlijker. Haast tast naar hem, terwijl hij wil vluchten, zijn lichaam is verstijfd, het hare ook, stijf als een lijk. Zij huilt nog steeds en hij hijgt nu langzamer, op het punt in tranen uit te barsten. Ze wijken uiteen. Ze kijken elkaar even aan, minder dan een seconde, maar ze houden het niet vol. Haast buigt haar hoofd, ze duikt in

elkaar alsof ze geslagen is. De Ouwe grist zijn rugzak van de grond, schreeuwt iets onverstaanbaars en rent weg. Hij loopt met zo veel geweld door de struiken dat de takken lang natrillen, nadat zijn voetstappen zijn weggestorven bewegen ze nog.

De leegte die achterblijft is enorm, net als het verdriet, de schaamte, de wanhoop die ze voelt als ze opkijkt naar de lucht, de kou, het vocht dat in haar kleren trekt en tot diep in haar lichaam doordringt, de stilte, vooral de stilte. Waar is de Ouwe? Is ze hem nu echt voor altijd kwijt? Hoe kan alles nog hetzelfde zijn terwijl hij er niet is? Wist ze maar waar ze hem kon vinden, had ze maar een telefoonnummer – maar ja, wat zou ze dan zeggen? Ze zou over haar woorden struikelen. Wat ze wil is hem zien, hem zien zou voldoende zijn. Ze zou hem kunnen gaan zoeken in de buurt waar hij zei te wonen; ze weet niet precies in welk huizenblok maar ze zou op de brievenbussen kunnen kijken; ze zou zelfs naar hem kunnen vragen: *zo'n oude man met een bril, een rugzak en een verrekijker hij draagt altijd een licht pak en een heel grote jas hij praat raar hij houdt van vogels.* Maar het idee alleen al doet haar inzien hoe absurd en onhandig het allemaal is. Ze besluit te wachten. Ze doet haar ogen dicht en roept hem op. Kom hier, Ouwe, wees niet boos op me, wijs me niet af, dat kan ik niet aan, binnenkort word ik gesnapt en kan ik niet meer komen.

In haar dagboek staat het anders. Ze kan de waarheid niet vertellen, die is te gênant. Deze keer kiest ze haar woorden niet zorgvuldig en doet ze ook niet haar best om

netjes te schrijven, zoals normaal. Ze schrijft vlug, gehaast, ze voelt zich goed zolang ze de bladzijden vult, maar vreselijk zodra ze klaar is en het geschrevene terugleest. De zinnen zijn tegenstrijdig, ze staan vol met leugens die prikken als doorns.

De vierde dag duikt de Ouwe weer op: huilerig, trillend, smekend. Ze mag nooit, nooit, nooit meer doen wat ze die ene dag heeft gedaan, Haast, zweer dat je het nooit meer zult doen. En zij zweert het, steekt twee vingers in de lucht, sluit haar ogen, ze belooft het, ze belooft het echt.

Ouwe, je moet me vergeven, zegt ze, en hij, die vandaag niet schreeuwt maar fluistert, vertelt dat hij in een ander park een verdwaalde dwergpapegaai had gevonden, die heel zielig en gedesoriënteerd was, en dat hij zaad had gekocht, dat hij hem met veel geduld had gevoerd. Ze begrijpt dat dit zijn manier is om haar vergiffenis te schenken: over zijn vogels praten, alsof er niets naars is gebeurd.

Zij zou dat ook wel willen: doen alsof er niets aan de hand is, maar in haar geval zou dat neerkomen op falen, ze verkeert niet in dezelfde positie als de Ouwe. De afspraak met de onderwijsinspectie – of de sociale dienst, dat weet Haast nog steeds niet – is al bijna, al over een paar dagen, ze zijn op de vingers van één hand te tellen, en ze is bang dat de politie nog vóór die tijd opnieuw langskomt, ieder moment nu, en haar ouders pas echt voor schut zullen staan. Dat is waar ze het allerbangst voor is: haar ouders voor schut zetten. Wat ze heeft gedaan was absoluut niet tegen haar ouders gericht; ze vindt het niet

erg om ze teleur te stellen – ze heeft ze al heel vaak teleurgesteld –, maar wel om ze schade te berokkenen. Ze stelt zich voor hoe de agenten elkaar geschokt aankijken en mompelen: hoe is het mogelijk dat dit meisje bijna drie maanden heeft gespijbeld en die twee, haar ouders, zich al die tijd geen zorgen hebben gemaakt?

De Ouwe heeft een wond op zijn hand, een diepe snee die ontstoken lijkt. Hij heeft er verband omheen gedaan, maar dat bedekt niet alles; de opgezwollen, paarse huid komt er schaamteloos onderuit. Het verband is vies en gerafeld. Maar Haast gaat hem niet vragen wat er is gebeurd. Niet alleen uit respect. Misschien wil ze het wel niet weten. Misschien is het beter om zijn voorbeeld te volgen en alleen over vogels te praten.

We zouden kunnen gaan samenwonen, zegt ze in een opwelling. Waar? vraagt hij. Ze vindt het fijn dat hij geen vraagtekens zet bij het samenwonen op zich, maar bij de praktische aspecten: waar, hoe, wanneer. Ze weet niet waar, maar ergens ver van daar – of misschien toch niet al te ver, zegt ze, niet zo ver dat ze haar ouders niet af en toe zou kunnen opzoeken. De Ouwe zit na te denken: in de buurt van een meer of een poel zou kunnen, om de levenscyclus van de vogels te bestuderen, het baltsen, het nestelen, de trek. Zou ze dat willen? Haast raakt enthousiast, ze knikt. Misschien zou het makkelijker zijn als ze trouwden, zegt ze, want als ze niet trouwen, kunnen ze hen opsporen en haar onder dwang weghalen, weg bij dat meer of waar dan ook, ze kunnen denken dat de Ouwe haar heeft ontvoerd of haar heeft verleid door een middeltje in haar drinken te

doen, zoals in sprookjes. Maar als ze trouwen, kunnen ze niet meer zo makkelijk worden gescheiden, dan zijn er papieren die hen verbinden en moeten er advocaten of rechters of zo bijgehaald worden om die papieren ongeldig te verklaren, en dat duurt lang, heel lang, en in de tussentijd wordt Haast ouder, wordt ze meerderjarig.

Hij kent een poel dicht bij een dennenbos, waar de zonsondergangen wonderschoon zijn. Ze zouden een houten huisje kunnen bouwen, van het type oude vissershut. Ze zouden een tweedehandsjeep kopen, zodat Haast naar de stad kan rijden zodra ze haar rijbewijs heeft gehaald. Misschien dat ze tegen die tijd een vriendin heeft met wie ze naar de film kan of kan gaan winkelen. Hij, de Ouwe, houdt niet zo van naar de bioscoop gaan, en al helemaal niet van winkelen, maar hij begrijpt dat Haast behoefte kan hebben aan andere dingen.

Om dat te plannen moeten we wat meer de tijd nemen, zegt hij, er is helemaal geen haast bij, en ineens krijgt Haast het vermoeden dat hij haar aan het lijntje houdt. Hoezo is er geen haast bij? Het is een kwestie van dagen, of uren, voordat ze haar oppakken! De Ouwe tilt zijn gewonde, ingezwachtelde hand op. Rustig maar, zegt hij. Ik beloof je dat we het doen. Later, maar we doen het echt, herhaalt hij terwijl hij met zijn vinger naar haar wijst, als dat van die ene dag maar niet nog een keer gebeurt. Dat mag echt nooit meer gebeuren!

Ze knikt, ze belooft het, ze lacht zelfs.

Eindelijk een belofte waaraan ze zich makkelijk kan houden.

DEEL TWEE

Het café

Je bent gegroeid, Haast. Je bent al veertien. *Ruim* veertien!

Maar hij kan haar niet Ruim gaan noemen. Wat een lelijke naam. Ze kan Haast blijven heten, als ze wil! Haast vijftien. Haast zestien! Ze zal altijd haast iets zijn. Ze heeft haar hele leven voor zich.

Ook de Ouwe is veranderd. Zijn gezicht is magerder en er lopen twee nieuwe groeven over zijn wangen, van boven naar onder, als de halen van een mes. Hij ziet ook bleker. Ben je ziek geweest? vraagt Haast, en hij maakt een onduidelijk hoofdgebaar, een ontkenning misschien, maar misschien ook niet. Ze denkt aan de dagen dat hij in de cel zat totdat ze hem onschuldig verklaarden. Ze heeft gehoord dat ze hem niet de medicijnen gaven die hij nodig had en dat er ook geen dokter langskwam, hoewel hij een zenuwinzinking kreeg. Ze wist niet eens dat de Ouwe medicijnen gebruikte en ook niet dat hij last had van zenuwinzinkingen. Er waren veel dingen over hem die ze niet wist.

Haast heeft geen broodhoofd meer. Het is tenminste lang geleden dat iemand dat tegen haar heeft gezegd. Marga is naar een andere school gegaan en met haar zijn

de bijnamen ook grotendeels verdwenen. Na haar vertrek heeft de hele school een punt gezet achter die fase. Maar het begrip broodhoofd heeft Haast nog niet helemaal af kunnen schudden. Het werkt door in de manier waarop ze haar T-shirt uitrekt om haar lichaam te verbergen en in het feit dat ze met warm weer lange mouwen draagt. In het haar dat voor haar gezicht hangt en haar veel te ruime kleding.

Nu ze weer hoort dat de Ouwe haar Haast noemt, voelt ze grote vreugde opkomen, vermengd met spijt en nostalgie. Het spijt me heel erg, Ouwe, zegt ze, het spijt me van alles wat je door mij is overkomen. Door haar? Nee, nee, nee. De Ouwe schudt nadrukkelijk zijn hoofd. Wat zou Haast verkeerd hebben gedaan?

(Ze durft hem natuurlijk niet te vertellen over haar dagboek. Alles wat ze daarin over hem heeft geschreven.)

Wat paradoxaal dat ze uiteindelijk werd ontmaskerd omdat ze zo'n flapuit was. Niet omdat er papieren ontbraken omtrent haar zogenaamde overplaatsing. Niet omdat haar leraren naar haar op zoek waren en ook niet omdat haar klasgenoten haar misten. Niet omdat de onderwijsinspectie haar ouders op de hoogte had gesteld. En ook niet door de plantsoenmedewerkers. Die hadden ook geen enkele moeite gedaan om erachter te komen wat er elke dag in het park gebeurde, welke gevaren er in de bosjes scholen, hoewel zij – zij en hij – behoorlijk in het oog liepen. Haast vraagt zich af: zouden ze zonder haar dagboek van het bestaan van de Ouwe hebben afgeweten? Wat betreft haar

verzuim hing haar lot aan een zijden draadje, dat was een kwestie van tijd, van een paar uur, maar hij had de dans kunnen ontspringen. Met elke bladzijde die ze volschreef, kwam zijn veroordeling een stapje dichterbij. Terwijl ze fantaseerde, verloor ze haar greep op de realiteit. Terwijl ze de Ouwe transformeerde, maakte ze hem kapot.

De schuilplaats in het park… Wat zou ervan geworden zijn? Het duurde lang voordat ze terugging, maanden, het was haar ten strengste verboden. En toen ze eindelijk ging, was het middag en viel het licht vanuit een andere hoek, waardoor het er allemaal heel anders uitzag. Toen ze bleef staan om over de struiken te turen, was dat wat ze voelde: vervreemding. Er waren nieuwe struiken geplant, een dubbele rij struiken waar je niet meer zo makkelijk doorheen zou komen. De boom glansde goudgeel in het zonlicht. Van een afstand was ook de boom niet meer dezelfde, hij leek statiger en minder behaaglijk. Het is niet makkelijk om dit soort gewaarwordingen in woorden uit te drukken. Het enige wat ze vertelt, is dat ze is teruggegaan zodra ze kon, ook al wist ze dat ze hem daar niet zou tegenkomen. Ze geeft toe dat ze verdrietig was – of eigenlijk was het niet echt verdriet, meer een onbehaaglijk gevoel, dat ze niet probeert te benoemen. De Ouwe wrijft in zijn ogen. Bij hem duurde het ook lang voordat hij terugging. Hij was doodsbenauwd om daar gezien te worden! Natuurlijk had niemand hem verboden erheen te gaan; hij mocht gaan en staan waar hij wilde, mits hij maar uit haar buurt bleef! Maar hoe kon hij uit haar buurt blijven als hij niet precies

wist waar Haast zich bevond? Het is een absurd bevel, de Ouwe weet niet waar ze woont, noch op welke school ze zit of hoe haar dag eruitziet. Hij had haar daar gewoon weer kunnen hebben zien zitten, net als die eerste keer... en dan zouden ze hem meteen in zijn kraag hebben gevat! Toch waagde hij het erop, hij kon het niet laten. Het park ligt naast zijn huis, hoe kan hij dat nou steeds omzeilen? De eerste paar keren dat hij genoeg moed had verzameld om terug te gaan werd hij door de plantsoenmedewerkers achterdochtig bekeken. Hij werd zelfs een keer door een agent aangehouden; die vroeg om zijn papieren, wilde weten wat hij daar deed en liet hem vervolgens gaan, dat was het! Langzaam maar zeker keerde zijn vertrouwen terug. Toen ging hij een kijkje nemen. Het gras was erg gegroeid, er zaten twee merels, die in de grond pikten op zoek naar wormen. Ze keken hooghartig op en gingen onverstoorbaar verder met pikken. De schuilplaats was niet meer van hen! Anderen hadden hem in bezit genomen!

Vond je dat jammer? vraagt Haast. De Ouwe denkt na voordat hij antwoord geeft. Niet echt, nee... Al zijn merels dan een plaag, het blijven vogels!

Waarom zijn de simpelste dingen zo moeilijk te geloven? Dat heeft Haast zich altijd afgevraagd. Toen het haar beurt was om opheldering te geven, kwam ze knel te zitten, ze praatte eromheen, ze kreeg het gevoel dat ze loog terwijl ze volledig de waarheid sprak. Ze waren allemaal tegen haar, en op de een of andere manier moest zij ook tegen hen ingaan. Wie was die man, hoe had ze hem leren ken-

nen, waarom ontmoette ze hem elke dag, wat wilde hij van haar? Ineens moest ze alles onder woorden brengen, al die dingen waar nooit woorden voor nodig waren geweest, althans niet de woorden die zij van haar wilden horen. Wie was die man? Dat wist het meisje niet. Wie hij voor háár was geweest, dat wist ze, maar die kant van de Ouwe was van haar alleen, die kon ze met niemand delen, zelfs al had ze dat gewild. Al het andere, dat wat ze eigenlijk wilden weten – voor- en achternaam, identiteitsbewijs, verblijfplaats, achtergrond, ziektegeschiedenis, strafblad... – wist ze niet, omdat ze er nooit echt nieuwsgierig naar was geweest: dat was het verschil tussen hen, tussen de ondervragers, die haar op die geruststellende, bedekt agressieve toon waarop volwassenen met kinderen praten aan één stuk door vragen bleven stellen, en haar, de ondervraagde.

Haar antwoorden, die onbevredigend waren en onwaarschijnlijk klonken, maakten haar dagboek geloofwaardiger: geloven dat het allemaal was gebeurd was makkelijker dan toegeven dat er misschien wel niets was gebeurd.

(Dan waren er natuurlijk nog de tegenstrijdigheden van het dagboek – tussen wat ze vertelde en wat ze had opgeschreven, en zelfs tussen wat er op de ene en op de andere bladzijde stond –, al wist Haast op dat moment nog niet dat ze haar dagboek hadden gelezen, wat een vernedering.)

Ze hebben me verteld dat je ooit een vrouw hebt aangevallen, dat je haar hebt misbruikt. Die antecedenten – zo noemden ze dat: *antecedenten* – deden de alarmbellen

rinkelen. Ze moest zelf een beetje puzzelen totdat ze begreep dat ze de vrouw van het vogelreservaat, de vrouw van de vogelwachter bedoelden. Dat was de enige echte reden dat ze hem in de psychiatrische kliniek hadden opgesloten. Nu wil Haast de waarheid weten. Ze wil horen hoe hij zich verdedigt.

De Ouwe schudt zijn hoofd. Ik heb niemand aangevallen, ik heb die vrouw niet aangeraakt, Haast, ze hebben het verhaal verkeerd verteld! Je zou hoogstens kunnen zeggen dat er sprake was van lastigvallen. Misschien dat het woord *lastigvallen* lijkt op het woord *aanvallen* en dat iemand ze per ongeluk of expres door elkaar heeft gehaald, maar het zijn twee heel verschillende dingen! Ze vertellen het verkeerd en die verkeerde versie wordt door iedereen overgenomen, en zo verspreidt zich die verschrikkelijke leugen. Hij drukt met zijn vingers tegen zijn slapen. Hoe kan Haast aan hem twijfelen? Gelooft ze dat verhaal echt?

Ze weet niet wat ze moet zeggen. Ze heeft zo veel verwarrende dingen over de Ouwe gehoord dat ze niet weet wat ze moet denken. Er werd hem van alles ten laste gelegd, waardoor hij veranderde in totaal iemand anders dan hij was, of dan wie zij dacht dat hij was. Het probleem was dat dat valse, verwrongen, verdorven beeld van de Ouwe een interne logica vertoonde die overeenkwam met wat zij in haar dagboek had geschreven. En wat dan nog?

Lastigvallen en aanvallen is niet hetzelfde! protesteert hij, en ik heb haar niet eens lastiggevallen! Hij hield ervan haar van een afstandje te bekijken, dat wel, hij volgde haar soms, één keer had hij het klaargespeeld haar huis binnen

te komen en had hij zich in de kast verstopt om naar haar te kijken terwijl ze een middagdutje deed. Verder niets, echt niet! Niemand had hem uitgelegd dat dat niet mocht, dat het ongepast was. Als ze dat aan hem hadden uitgelegd, zoals die keer dat de politieagenten hem vertelden dat het verboden was om met kinderen te praten, zou hij zich aan de regels hebben gehouden. Maar ze hadden hem nooit een kans gegeven. En nu weer niet!

Champagne, cocaïne en worstjes. Daarmee leken ze op een zonnige ochtend in de schuilplaats te hebben gepicknickt. De Ouwe had flink wat geld neergeteld voor de alcohol en de drugs, waarvan Haast op een slokje champagne na – mmm, wat lekker – natuurlijk niets had genomen. Hij juichte haar gedrag toe, het was niet de bedoeling dat zo'n jong meisje deze verboden lekkernijen zou proeven, hoewel, als ze wilde, later misschien... De worstjes aten ze wel allebei. Het waren gerookte worstjes gevuld met kaas, die in kleine stukjes in blik worden verkocht, als snack voor tussen de middag. Ze aten er brood bij en de restjes gaven ze aan de duiven. *Wat een vreemd tussendoortje*, schreef Haast die dag, maar ze vergat haar broodje chorizo, vingers die vet werden van de Cheetos en het waterflesje dat ze vulden bij het fonteintje.

Ze worden opnieuw gestoord door de serveerster. Het is de derde keer dat ze naar hun tafeltje komt. De eerste keer was om hun bestelling op te nemen. De tweede om te vragen of ze nog iets wilden drinken. Nee, zeiden ze. Nu

vraagt ze het weer. Ze moeten daar al twee uur hebben gezeten zonder iets te bestellen. Maar ze hebben geen geld meer. Haast tenminste niet. De Ouwe tast discreet in zijn zakken, voor zover je zijn stunteligheid discreet kan noemen, en bestelt twee glazen water. Kraanwater, alstublieft! De serveerster zucht, ze lijkt beledigd: hoe ze zich omdraait, hoe ze naar de bar loopt. Het duurt lang voordat ze hun water brengt en wanneer ze eindelijk komt is ze onbeleefd, zonder een woord te zeggen zet ze de glazen met een klap op tafel. Het water is warm; wanneer Haast een slokje neemt, proeft ze zeep. De Ouwe en zij kijken elkaar zwijgend aan. Hij heeft niet eens in de gaten dat hij respectloos wordt behandeld. Misschien is hij het gewend. Maar Haast, die nog geen vijftien is en niet veel van de wereld weet, begrijpt dat zij in dit café niet het probleem is; dat is hij. Ondanks haar leeftijd, haar gebrek aan ervaring en haar verleden als broodhoofd zou ze hier thuis kunnen horen, over een paar jaar tenminste, dan zal ze net zo zijn als die dwaze, onnozele meisjes die achterin aan een tafel opgewonden kirrend zitten te praten en te lachen. Maar hij, de Ouwe, heeft geen tijd meer om zich aan te passen. Hij zou met zijn ouderwetse pak, zijn brilletje, zijn opwaarts gerichte snorpunten, zijn afwijkende manier van praten en die vreemde, vochtige ogen, de blik van een labiele geest, altijd en eeuwig de aandacht blijven trekken.

Ze hebben beiden last van de omgeving, maar om verschillende redenen. De Ouwe zegt: we waren eraan gewend om alleen te zijn, dit is heel raar! Maar zij geneert zich bovendien een beetje, niet zozeer om met hem, die

excentrieke oude man, gezien te worden, als wel om getuige te zijn van de manier waarop hij wordt behandeld, en te beseffen dat ze niets kan doen om hem te verdedigen.

Zij zou graag meer details horen. Wat er gebeurde toen ze hem aanhielden. Waar ze hem precies heen brachten. Wat ze hem vroegen. Wat ze hem hebben aangedaan. Wat Haast weet zijn maar onsamenhangende flarden die ze hier en daar opving, nauwelijks verstaanbare zinnen die ze toevallig hoorde, achter deuren, in de keuken, halve telefoongesprekken, én wat ze haar rechtstreeks hebben verteld, maar dat is maar een deel van het verhaal en daarom niet de waarheid. Ontucht met minderjarigen, hoorde ze zeggen, maar later kwam ze erachter dat die term niet meer wordt gebruikt. Nu spreekt men van een *schending van de lichamelijke integriteit*. Dat klinkt raar, want Haast wist niet dat ze integer was, en al helemaal niet wat haar lichaam betreft. Zij begreep – begrijpt – er helemaal niets van. Ze gaat al blozen bij de gedachte dat ze hem dezelfde vragen hebben gesteld als haar. Heeft hij je betast? Heeft hij foto's van je gemaakt? Heeft hij gevraagd of je je helemaal of deels wilde uitkleden? Heeft hij zich uitgekleed? Heeft hij je video's of foto's laten zien van andere kinderen? Of van volwassenen die onzedelijke handelingen uitvoerden? De politieagent die de vragen stelde was vriendelijk tegen haar, maar hij wond er geen doekjes om. Haar moeder, die naast haar zat, vertaalde zijn woorden zachtjes voor haar. Onzedelijk betekent vies, vieze dingen die je niet hoort te doen met je lichaam, dingen waar je je voor schaamt en

waar je je slecht door voelt. Nee, nee, nee, zei Haast onthutst. Maar die dingen die ze in haar dagboek schreef dan...? Haast zei niets meer. Waarom had ze zulke dingen geschreven? Moest ze toegeven dat ze ze verzonnen had? Gaf ze daarmee dan ook toe dat ze een *onzedelijke* handeling had verricht? Haast zweeg, ze verbeet haar tranen, en dat verraadde natuurlijk juist dat ze iets achterhield.

Je hoeft niet bang te zijn, zei haar vader later, en daarna hoorde ze hem tegen haar moeder fluisteren: ze beschermt hem, die oude viezerik. Die smeerlap. Die perverseling.

(Maar de Ouwe had niets gedaan. En zij eigenlijk ook niet. Ze had het alleen opgeschreven. Haar kinderlijke ronde handschrift was een gevaar, een aanklacht geworden.)

De Ouwe speelt met de servetjes. Hij scheurt ze in reepjes en wikkelt die om zijn mollige vingers, als ringen, om elke vinger een. Ze hebben hem vast dezelfde vragen gesteld als haar, maar dan op een andere toon, in grove termen, zonder consideratie en zonder moeder ernaast die ze voor hem vertaalde. Hij weigerde een verklaring af te leggen, heeft ze gehoord. Een schuldig zwijgen, want wie zwijgt, stemt toe. Wie zwijgt bekent schuld.

De Ouwe gaat haar de details niet vertellen. Hij gaat haar niets vertellen over die dagen. Hij zou het heerlijk vinden om weer over vogels te praten. Dat is het enige wat hij zegt. Hij mist het! Wist Haast dat er een paar dagen geleden een nieuwe vinkensoort is ontdekt? Er zijn wereldwijd nog maar ongeveer driehonderd exemplaren, zo wei-

nig dat ze nog niet waren geclassificeerd! Ongelooflijk, want ze hebben een ontzettend bijzondere kleur, helderblauw, hemelsblauw. Ze hadden kunnen uitsterven zonder dat iemand ook maar een spoor van hun bestaan had vastgelegd!

Haast vraagt door over de vogel. Waar hij leeft. Hoe groot hij is. Wat hij eet. De Ouwe geeft antwoord met een zweempje trots in zijn stem, als een kind dat zijn lesje goed kent. Haast is nog steeds onder de indruk van het gemak waarmee hij dingen uit zijn hoofd leert, maar ze ziet hem nu door andere ogen, alsof zij nu de oudste is van de twee.

Ze hebben haar ook verteld dat de Ouwe achterlijk is, maar zij gelooft liever dat dat een leugen is, net als al het andere. Of bijna al het andere.

Juist door het gedoe met de Ouwe hield niemand zich echt bezig met de schoolkwestie. Ze suggereerden dat het de Ouwe kon zijn geweest die haar ertoe had aangezet te spijbelen, dat hij mogelijk dwang op haar had uitgeoefend en haar had bedreigd. Zij bleef erbij dat het haar eigen idee was geweest, maar het duurde lang voordat ze dat wilden geloven – en misschien hebben ze het wel nooit geloofd. Toch werd er uiteindelijk geen aandacht aan besteed – aan het verzuim –, alsof het daarmee niet allemaal was begonnen, alsof dat niet de oorzaak, de bron van alles was. Nu gaat Haast wel naar school, ze slaat geen dag over; haar leraren zullen zijn gewaarschuwd om onmiddellijk aan de bel te trekken als ze er niet is. Nu Marga is vertrokken en zij geen broodhoofd meer heeft, houdt ze het wel uit op

school. Ze heeft nog steeds een hekel aan groepsopdrachten, maar dat is een kwestie van wennen, zegt haar mentor. Alles zal weer normaal worden, zegt ze, al begrijpt Haast niet wat ze bedoelt met *normaal*. Zowat alle meisjes uit haar klas hebben een vriendje – de vriendjes van vorig jaar zijn vervangen door nieuwe – en veel van hen zijn met de jongen in kwestie naar bed geweest. Ze weet inmiddels dat met iemand *naar bed gaan* niet alleen betekent dat je naast diegene gaat liggen, maar ook dat je allerlei dingen doet die in de buurt komen van haar moeders vertaling van *onzedelijke handelingen*. Toch worden deze meisjes niet door hun leraren in de gaten gehouden en als ze eens spijbelen, wordt dat niet onmiddellijk gemeld, zoals bij haar wel het geval zou zijn. In vergelijking met deze meisjes is Haast nog steeds een beetje vreemd, misschien moet ze binnenkort maar op zoek naar een vriendje zodat ze niet al te veel opvalt. Zodra ze een vriendje van haar eigen leeftijd krijgt, zal ze de Ouwe gaan vergeten, zal ze genezen van het stockholmsyndroom, waar ze volgens hen last van heeft: ze zeggen dat ze eigenlijk verliefd op hem was, dat ze zijn gedrag daarom verontschuldigt en zelfs rechtvaardigt, dat ze sindsdien van het padje af is, dat haar gedrag niet gezond en ook niet normaal is. Maar ze zal er een hoge tol voor moeten betalen. Ze is er helemaal niet zeker van dat ze een vriendje wil, laat staan of ze met iemand naar bed wil. In haar dagboek schreef ze ongegeneerd dat ze met de Ouwe naar bed ging, maar daarmee bedoelde ze naast hem liggen en toelaten dat hij haar betastte. Het bleek verschrikkelijk te zijn om het op te schrijven, maar

het in de praktijk brengen met een leeftijdgenoot, dat mag dan weer wel en is blijkbaar juist wat er van haar verwacht wordt.

Achterlijk is niet het woord dat ze gebruikten toen ze met Haast praatten, maar ze heeft het verschillende keren gehoord, vooral in het begin, toen haar ouders zich ontzettend veel zorgen maakten en zo boos waren dat ze zich zelfs tegenover haar niet inhielden: *zwakzinnig*, *abnormaal*, *geestelijk gestoord*, door elkaar heen gebruikt. *Zwakbegaafd*, noemden ze hem later, en ook *iemand met een mentale achterstand*, wat minder beledigend is dan *achterlijk*. Van alle beschuldigingen vindt Haast deze het absurdst. De Ouwe is intelligent op een manier die anderen niet begrijpen, dat is alles. Wie van hen is in staat de Latijnse namen te onthouden van duizenden vogels en een voor een hun kenmerken op te noemen? Zouden zij hun roep herkennen en onderscheiden, is hun gehoor scherp genoeg voor zulke minieme verschillen? En de teksten van alle liedjes van Nina Simone, woord voor woord, en dat zonder Engels te spreken? En alles over haar leven, een volledige levensbeschrijving, van maand tot maand uitgesplitst? De Ouwe geeft ze allemaal het nakijken.

Onlangs ging het tijdens kunstgeschiedenis over Van Gogh. Nu wordt hij als een genie beschouwd, zei de leraar, maar tijdens zijn leven werd hij als gek of zelfs achterlijk gezien. Soms werd hij agressief en schopte herrie in de buurt. Hij sneed een stuk van zijn oor af. Uiteindelijk pleegde hij zelfmoord. De Ouwe heeft voor zover zij weet

geen van zijn lichaamsdelen afgesneden en niemand kwaad gedaan. Toch wordt ook hij voor achterlijk versleten, al is het om andere redenen. Haar moeder kwam naast haar zitten en probeerde het haar netjes uit te leggen, zodat ze niet zou schrikken. Die man is geboren met een afwijking, zei ze, een afwijking die niet verholpen kan worden. Dat gebeurt in sommige families, als kinderen op de verkeerde manier ter wereld komen. In kleine families, voegde ze eraan toe, wanneer familieleden samen kinderen krijgen. Het kan zijn dat hij daarom in de war is over sommige dingen. Over relaties. Hij is niet voor de volle honderd procent verantwoordelijk, maar dat betekent niet dat het in orde is om om te gaan met een jong meisje als zij. Mensen als hij zouden beter in de gaten gehouden moeten worden, gaat ze verder. Ze zijn slachtoffers, maar kunnen ook in daders veranderen. Op dat moment hoorde ze haar vader foeteren op de achtergrond. Slachtoffers, slachtoffers, herhaalde hij, en hij sprak het woord ironisch en minachtend uit. Haar vader is helemaal niet naar haar toe gekomen om iets over de Ouwe uit te leggen. Hij kreeg de zenuwen, zei hij, hij werd razend bij de gedachte aan wat er zou kunnen zijn gebeurd. Mijn meisje, mijn meisje, zei hij.

Vreemd genoeg stopte haar vader in die periode met het gebruiken van haar naam. Nu zei hij *het meisje* en nog vaker *mijn meisje*. Hij was door de gebeurtenissen veel heviger aangedaan dan haar moeder. Dat was wat Haast in verschillende gesprekken opving. Ze is *zijn meisje*, legde

haar moeder uit, zijn enige meisje, en hij is er kapot van. Dat een man, een oude vent, met zijn handen aan *jouw meisje* komt, het idee alleen al zou elke man tot waanzin drijven, dat is niet zo moeilijk te begrijpen. Het kan hem geen donder schelen of de oude vent in kwestie niet goed bij zijn hoofd was. Hij bleek zich trouwens duidelijk bewust van zijn daden. Welke daden dan? Alleen de daden waarvoor bewijs was gevonden. Maar wat voor daden precies? Daar ontspoorde het gesprek.

Later begon haar vader haar achterdochtig te bekijken, bang als hij was dat ook in haar, in haar binnenste, de rot zat. Je zag hem eerst twijfelen aan het idee van haar onschuld, het vervolgens omarmen en daarna woedend verwerpen. Hij kwam haar kamer binnen en trok de prachtige vogelposter kapot. Sinds wanneer hou jij van vogels? vroeg hij. Vliegende ratten, lelijke beesten, gatverdamme, zei hij terwijl hij de poster aan flarden scheurde. Hij doorzocht ook haar boekenplanken en haar kast, hij nam alles mee wat met de Ouwe te maken zou kunnen hebben. En aan zijn achterdocht leek geen einde te komen, die hield wekenlang aan. Tot hij op een gegeven moment kalmeerde. Zo'n beetje dan. Om die kalmte te bewaren vermeden ze het gebruik van sommige ongemakkelijke woorden, woorden die vroeger doodgewoon waren geweest: vooral *dagboek*, maar ook *schrift*, *park*, *vogel* en zelfs *worstje*. Niemand stelde een lijst met verboden termen op; dat was niet nodig, ze wisten alle drie – vader, moeder en Haast – maar al te goed om welke het ging.

Ze hebben haar allerlei dingen verteld. Dat hij in de kliniek was opgenomen omdat hij de vrouw van het vogelreservaat had misbruikt. Dat hij een mentale achterstand had en die geboorteafwijking. Dat hij periodes van alcoholisme had doorgemaakt en dat hij een paar keer was aangehouden vanwege gewelddadige incidenten. Hij heeft straatmeubilair vernield en met zijn gedrag voorbijgangers, waarvan sommige minderjarig, schrik aangejaagd. *Gewelddadig incident* is al net zo'n onduidelijke term als *onzedelijke handeling* of *straatmeubilair*, maar deze keer volgt er geen uitleg en tast Haast in het duister. Automutilatie: meer dan eens. Zelfmoordpogingen: twee. De eerste vond plaats in de kliniek: het lukte hem om rattengif te stelen en hij nam er zo veel mogelijk van in – nu begrijpt Haast waarom hij zo schrok toen zij voorstelde gif te strooien in de schuilplaats! Denkend aan die vriend van hem die zich had opgehangen en wiens kleren de Ouwe had geërfd, vraagt Haast zich af: was het soms gebruikelijk om zelfmoord te plegen in de kliniek? Misschien had de Ouwe bij zijn tweede poging, waarvan de bijzonderheden niet zijn vastgelegd, dezelfde methode gebruikt: ophanging. Haast heeft stiekem het rapport gelezen dat de advocaat haar ouders had bezorgd. Daarin werden zijn antecedenten op een rijtje gezet om de aanklacht te onderbouwen, maar ze waren in zulke droge, wollige taal opgeschreven dat Haast er bijna niets van begreep. In het begin zetten haar ouders alles op alles, daarom hadden ze die advocaat ingeschakeld die zo grondig te werk ging. Ze wilden de Ouwe voor de rechter

slepen en hem zo lang mogelijk achter de tralies zetten. Zo'n man is een gevaar voor de maatschappij! zeiden ze. Daarna moeten ze zich hebben bedacht. Vanwege het dagboek en wat dat zou kunnen betekenen, want als het niet als bewijsmateriaal gebruikt kon worden... waarvoor diende het dan?

Het dagboek maakt de dingen moeilijker, werpt er een smet op. Het is beter om het met rust te laten, te vergeten. Niemand heeft het meer over het dagboek. Het komt niet in haar op een nieuw dagboek te beginnen, waarvoor zou ze? Een verslag van haar dagelijks leven zou heel saai worden, en de fantasie is – voorlopig tenminste – verboden terrein.

Maar terwijl ze naar de Ouwe kijkt, naar zijn uitstekende jukbeenderen en zijn gelige huid en zijn elegante maar vuile nette pak, dringt het dagboek zich op, daar is het weer, tussen hen in. Waarom heeft ze dat allemaal geschreven? Haar schuldgevoel blijft knagen. Er zit niets anders op dan onder ogen te zien wat ze heeft gedaan en het op te biechten.

Ze hebben mijn dagboek gelezen, legt ze ten slotte uit. De Ouwe kijkt haar aan, eerst begrijpt hij het niet. Dan zegt hij: o, zo. In haar dagboek had Haast het over de Ouwe, over de schuilplaats in het park, over de plantsoenmedewerkers, over de regendagen en de koude dagen, en over hoe dat soort dagen een probleem begonnen te worden. Ze schreef over hun tussendoortjes, die van dag tot dag natuurlijk een heel klein beetje varieerden – *champagne*,

cocaïne en worstjes –, en wat onbelangrijke dingen – cadeautjes, handdoeken, verzinsels; daarover gaat ze hem niets vertellen, dat is te pijnlijk.

Het zou kunnen dat ze het gingen lezen omdat ze al iets vermoedden, in ieder geval sinds die politieagent aan de deur kwam met de aanmaning van de onderwijsinspectie – of was het nou de sociale dienst? Ja, ze vermoedden iets, haar moeder moet uiteindelijk de mentor hebben gebeld en van haar over het spijbelen hebben gehoord, maar waar ze absoluut geen idee van hadden was wat er in dat dagboek stond, waarheid en leugens, maar in wezen een versie van de waarheid. De schok moet enorm zijn geweest, groter dan de angst, want ze hebben de tijd genomen voordat ze in actie kwamen en hebben om advies gevraagd, daar is Haast zeker van. Als ze haar meteen ondervroegen, liepen ze het risico haar bang te maken en zou het misdrijf – want in die termen dachten ze al – onbestraft blijven. In het dagboek stond niet genoeg informatie om de dader te kunnen identificeren, en wat er wel stond was onduidelijk en zelfs tegenstrijdig. Het was beter om ze op heterdaad te betrappen. Of net ervoor: als ze op het punt stonden de fout in te gaan.

Haast raakt vervuld van afschuw als ze denkt aan die laatste ochtend, toen ze haar rugzak inpakte om haar ouders te bedriegen, terwijl zíj het waren die haar bedrogen door te doen alsof er niets aan de hand was. Ze had niets in de gaten, het voelde niet anders dan anders toen ze de deur uitging, de gebruikelijke weg insloeg en het punt bereikte waarop de route naar school verzandde en overging

in de route naar het park – het moment waarop haar ouders, die haar op een afstandje volgden, hun hart in hun keel moeten hebben voelen kloppen. Ze kwam dezelfde mensen tegen als altijd en liep op haar gemak, omdat het inmiddels routine was, met haar oortjes in, die haar afzonderden van de buitenwereld – *southern trees bearing strange fruit, blood on the leaves and blood at the roots* –, en haar blik op haar gympen gericht om niemand aan te hoeven kijken. Ze kwam bij het park.

Ze stopt met praten. Door haar herinneringen aan die dag op te halen, brengt ze ook de zijne boven. Ze ziet zijn handen trillen, zijn vingers met de ringen van opgerold papier. Hij heeft zijn ene hand op zijn andere gelegd om het trillen tegen te gaan of te verhullen. En toen, Haast? vraagt hij. Hebben ze je gepakt, hebben ze je pijn gedaan?

Het is ongemakkelijk om te moeten toegeven dat zij een tactvolle behandeling kreeg, die hem waarschijnlijk niet gegund was. Nee, ze hebben haar niets gedaan, zegt ze, ze kreeg zelfs niet op haar kop. Als de Ouwe er niet was geweest had ze voor bijna drie maanden spijbelen zeker de volle laag gekregen. Maar dankzij de Ouwe benaderden ze haar lief en begripvol, al was het een achterbaks soort lief en begripvol, bedoeld om haar over te halen alles op te biechten. Ze schrok ontzettend toen ze de struiken hoorde bewegen en ze niet hem maar eerst haar moeder en daarna haar vader zag verschijnen, met verwilderde gezichten. O, mijn god, o, mijn god, riep haar moeder terwijl ze met haar handen naar haar hoofd greep, hoewel er daar niets was om die reactie te rechtvaardigen: alleen

haar dochter, Haast, die rustig aan de voet van een boom zat en nu verbijsterd haar oortjes uitdeed.

Ze haalden haar daar weg zonder iets te vragen. Haar vader praatte zachtjes door de telefoon terwijl haar moeder tegen haar zei dat alles nu achter de rug was, dat ze eindelijk veilig was. Ja, vertelde haar vader aan wie het ook was aan de andere kant van de lijn: ze is in orde, alleen een beetje geschrokken, mijn vrouw neemt haar nu mee naar huis.

De Ouwe trilt terwijl hij het woord neemt. Ah, nu begrijp ik het! Toen hij het park in liep, merkte hij dat er een rare sfeer hing. Er hing iets zwaars, iets donkers in de lucht, alsof er as rondzweefde. De vogels waren stil, ze waren gevlucht, ze voorvoelden wat er te gebeuren stond! Toen hij de schuilplaats naderde, kon hij het zwart van de politie-uniformen onderscheiden – geen prettige herinnering! – maar zelfs toen begreep hij het nog niet. Hij had geen tijd om in actie te komen. Ze kwamen met een grote groep op hem af, alsof hij gewapend was! Ze omsingelden hem!

Wat deed Haast toen ze hem boeiden en in het busje afvoerden? Ze deed alsof ze het niet merkte. Ze had niet de moed om te protesteren. Haar moeder omhelsde haar, ze huilde verschrikkelijk en vroeg of Haast haar wilde vergeven omdat ze niet goed genoeg voor haar hadden gezorgd.

Haast begreep er niets van.

Ze worden nu al een hele tijd door de serveerster in de gaten gehouden. Drie uur? Drieënhalf? Hoelang zitten die

twee, Haast en de Ouwe, daar al zonder iets te nuttigen? In het begin hadden ze twee glaasjes fris besteld, die ze zwijgend en met neergeslagen ogen opdronken. Daarna begonnen ze te praten en daar zijn ze niet meer mee opgehouden. Maar hun manier van praten is vreemd voor de buitenstaander die ze observeert. Eerst praat de een en luistert de ander, dat gaat een tijdje zo door. Dan is het andersom. Het is eigenlijk geen dialoog, maar een uitwisseling van monologen, ieder heeft zijn eigen onderwerp, dat losstaat van dat van de ander. En nu zit de Ouwe te trillen en heeft hij zijn ogen dichtgedaan: het meisje heeft hem gekwetst. De serveerster kijkt naar ze en Haast bedenkt ineens dat ze de autoriteiten zou kunnen waarschuwen, en dat recidiveren in een ander daglicht, een kwader daglicht, zou worden bekeken. Ze moet haar aandacht afleiden, ze moet de orde herstellen. Ouwe, Ouwe, fluistert ze, laten we alles vergeten, het heeft geen zin erop door te gaan. Vertel me liever iets over Nina Simone. Iets wat je me nog nooit hebt verteld.

Het duurt even voordat de Ouwe antwoord geeft, maar het trillen van zijn handen wordt minder, zijn ogen glanzen weer en na een paar minuten lukt het hem eindelijk te spreken. Een Colombiaanse choreograaf, vertelt hij, maakte een dansvoorstelling ter ere van Nina. Die heette Negra slash Anger. Slash niet in letters, maar een echte slash! En hij ging over racisme, die show. De dochter van Nina Simone, Lisa Simone, zou de voorstelling bijwonen in Cartagena de Indias, waar nog steeds veel racisme is! Ja, hij heeft zich verdiept in de plaatselijke bevolking aldaar,

hoeveel procent zwart is, hoeveel procent mulat, *palenquero*, indiaan of zonder duidelijke etnische achtergrond. Hij noemt de cijfers; Haast luistert er niet naar. Uiteindelijk kon Lisa niet gaan want er kwam een orkaan en haar vlucht werd geannuleerd. Wat een pech! Maar Lisa is een goede dochter. Ze zet het werk van haar moeder voort. Ze veroordeelt ongelijkheid en zingt daarover. Ze is een goede dochter!

Ze hebben dit café niet uitgekozen omdat ze het zo leuk vonden, maar omdat het zo dichtbij was, maar een paar meter van de plek waar ze elkaar toevallig tegenkwamen. Haast herkende hem eerst – hij droeg hetzelfde pak, dezelfde schoenen, maar hij is zo mager! Hij stond even met zijn ogen te knipperen voordat hij begreep wie dat meisje was dat hem had geroepen, dat hem glimlachend van top tot teen bekeek terwijl ze nerveuze blikken om zich heen wierp, je wist maar nooit, kom, Ouwe, kom, laten we hier eventjes naar binnen gaan.

Een koffietentje, met meisjes op wie Haast over een paar jaar zal lijken – of over een paar maanden al! – en vaders met hun dochters, en koffie en smoothies. Zou de Ouwe kunnen doorgaan voor een vader, voor de vader van Haast? Nee, dat gaat niet. Je ziet zo dat ze een ander soort relatie hebben, geen familierelatie. Er is iets verdachts aan. Een ouwe man die niets te verbergen heeft, gaat niet zitten trillen tegenover een vijftienjarige. Een vijftienjarige die geen broodhoofd meer heeft, verdoet haar tijd niet met een vent die er zo bijloopt als de Ouwe. De serveerster wordt

vast in beslag genomen door soortgelijke gedachten. Gelukkig wordt ze ook in beslag genomen door haar werk, ze moet in haar eentje alle tafels bedienen, en gelukkig heeft de Ouwe nu ook een andere uitdrukking op zijn gezicht, hij kijkt niet meer terneergeslagen maar opgewonden, en dat komt allemaal door Nina Simone, of doordat Haast hem gretig vragen over haar blijft stellen.

(Als de serveerster werd gevraagd de schuldige in deze relatie aan te wijzen, zou ze geen moment twijfelen: de Ouwe, die met dat ouderwetse pak en die papieren servetjes om zijn vingers.)

Haar broer was teruggekomen uit het buitenland. Hij kwam zodra hij het hoorde, zodra ze hem verteld hadden van de moeilijkheden waarin zijn zusje verzeild was geraakt, van de man die ontucht met haar had gepleegd, die geestelijk gestoorde oude man, die achterlijke man die ze al een keer achter de tralies hadden gezet omdat hij een vrouw had aangerand, degene die zijn zusje had overgehaald om te spijbelen of haar daartoe had gedwongen met wie weet welke middelen, degene die haar van streek en in de war had gebracht en haar had afgezonderd van haar vriendinnen, degene die ervoor heeft gezorgd dat Haast, zijn zusje, nu zo uit haar doen is en zich zo vreemd gedraagt. Haar broer nam het eerst mogelijke vliegtuig terug en kwam ongerust, ontzettend ongerust thuis. Hij omhelsde haar geschrokken. Maar Haast vraagt zich af waarom hij eigenlijk terugkwam, juist nu het helemaal geen zin had. Hij was veranderd, Ouwe, zegt ze. Het was

alsof hij niet meer haar broer was, maar een volwassen man, veel ouder dan zij, een man die precies wist wat hem goed uitkwam en wat niet. Hij was niet gekomen om me te troosten, zegt Haast, maar om me advies te geven. Ze hoorde hem 's avonds met haar ouders praten, wanneer zij al in bed lag, hoe ze met zijn drieën tegen haar samenspanden, haar gevoelens en haar gedrag analyseerden, en zo het verleden op zijn kop zetten, want vroeger waren zíj het geweest, zij en haar broer, die tegen hun ouders samenspanden, nooit andersom. Ze was niet alleen haar bondgenoot kwijt; die bondgenoot had zich ook nog eens tegen haar gekeerd, hij had zich bij de vijandelijke troepen aangesloten. Hij bleef drie of vier dagen, maar Haast weet niet waarvoor. Hij liep in en uit, was voortdurend aan de telefoon, Haast vermoedt dat hij het verhaal – zijn versie van het verhaal – aan zo veel mogelijk mensen heeft verteld, voor het geval iemand zijn zusje kon helpen. Haar volwassen broer was verpest en kon geen geheim meer bewaren. Vroeger zou Haast zijn gebroken en dat van haar dagboek hebben opgebiecht en dat het haar schuld was dat de Ouwe zo'n onrecht werd aangedaan. Maar dat was vroeger. Nu had ze geen andere keus dan haar mond dicht te houden en met alles in te stemmen. Rustig maar, broer, je kunt rustig terugkeren naar je bezigheden, alles is onder controle, je hebt me heel erg geholpen door hier te zijn. Duidelijk tevreden dat hij zijn taak had volbracht, pakte die man het vliegtuig terug en vertrok even gehaast als hij was gekomen. Maar deze keer nam Haast zijn vertrek koeltjes op. Ik verwijt hem niets,

zegt ze tegen de Ouwe, hij is niet meer dezelfde, maar ik ook niet.

Een paar maanden lang brachten ze haar naar de psycholoog. Het was een aardige vrouw, die heel zachtjes praatte en de indruk wekte dat ze overal aan twijfelde, zelfs aan zichzelf. Ze stotterde, noemde de dingen niet bij hun naam en sprak zichzelf steeds tegen. Met Haast praatte ze over heel andere dingen dan met haar ouders – daar kwam Haast achter nadat ze ze afgeluisterd had. Ze vertelde hun dat zij, Haast, erg in de war was. Dat haar problemen ver teruggingen, maar dat de oorzaak niet kon worden vastgesteld. Dat ze bang was voor haar ontluikende seksualiteit en onbewust een oudere man had uitgezocht als bondgenoot, iemand die ze als het zover was, naar believen kon gebruiken. Vooral over dat laatste was haar vader erg verontwaardigd. Haast die de oude man *gebruikte*? Toch zeker andersom! hoorde ze hem achter de deur fluisteren. Haar moeder bracht hem tot bedaren, ze zei dat het een kwestie van terminologie was: de kneep zat hem in het woord 'onbewust', natuurlijk kon het meisje niemand onder controle houden. Haast luisterde stiekem mee en beet op haar tong om niets te zeggen. Ze had met de psycholoog helemaal niet over dit soort dingen gepraat! Ze gaf alleen maar antwoord op vragen over haar hobby's, haar voorkeuren en haar toekomstdromen, vragen die je aan kinderen stelt wanneer je niets weet om over te praten: wat is je lievelingsvak, wat wil je later worden, wat is je grootste wens. De psycholoog kon niet weten dat Haast met

haar antwoorden recalcitrant probeerde te zijn. Ze praatte over vogels en over Nina Simone, ze probeerde haar in verwarring te brengen en te verrassen: haar lievelingsvakken waren de exacte vakken, als ze later groot was wilde ze ornitholoog worden, haar grootste wens was terug te kunnen gaan in de tijd en een concert van Nina Simone bij te wonen. Maar ze had nooit iets over seksualiteit gezegd, waarom bracht die vrouw alles wat ze had verteld daarmee in verband? Sinds de dag dat ze haar ouders achter de deur had horen praten, begon ze de psycholoog met andere ogen te zien. Haar onschuldige uitstraling, haar witte huid en haar melancholieke groene ogen kregen iets pervers en boezemden haar afkeer in. Die vrouw was ziek, dacht Haast, ziek van de psychologie. Ze weigerde nog met haar te praten en uiteindelijk zegden haar ouders de sessies af.

Al hadden ze het tijdens een van de sessies wel over het dagboek gehad. De psycholoog vroeg hoelang ze het al bijhield. Dat wist ze niet meer, zei Haast. Bij vlagen schreef ze erin. Er waren tijden dat ze veel schreef en tijden dat ze niets schreef, helemaal niets. En waardoor werd zo'n vlaag opgewekt? Schreef ze wanneer ze zich slecht voelde of wanneer ze zich goed voelde? Het laatste: wanneer ze zich goed voelde. Dus wat ze over die man had geschreven...? Haast zei niets. Ze begreep de vraag niet. Wat was de vraag precies? De psycholoog knipperde met haar ogen. Wanneer je over die man schreef, voelde je je goed? Haast zei nee, daarna ja, en daarna dat ze het niet goed uit kon leggen: ze zat klem. Want de dingen die je hebt geschreven

zijn weerzinwekkend, ging de psycholoog verder. Ik heb ze overgeschreven, zei Haast. Waaruit dan? Heb je ze overgeschreven of kreeg je ze gedicteerd? Heeft die man ze je voorgezegd? Heeft hij je gevraagd dat te schrijven zodat hij het later kon lezen? De psycholoog leek wel een politieagent: die plechtige, onderzoekende, achterbakse toon. Haast week achteruit in haar stoel, drukte zich tegen de stoelleuning aan, ze wilde vluchten. Ik heb ze uit een boek overgeschreven, stamelde ze. Een boek uit de bibliotheek. De psycholoog sloeg haar een paar seconden ernstig gade, zwijgend. Daarna verscheen er een grimas die in een glimlach veranderde, een lieve glimlach. Maak je geen zorgen, zei ze, fantaseren is niet slecht, het probleem is alleen dat onze fantasie soms op hol slaat en slechte mensen misbruik kunnen maken van ons gebrek aan controle. Haast begreep het niet, maar ze knikte. De psycholoog zei nog eens dat ze zich absoluut geen zorgen moest maken over dat dagboek. Maar, dacht Haast, waarom is ze er dan over begonnen? De ernstige blik waarmee ze haar had aangekeken voordat ze haar vergiffenis schonk, zou ze niet vergeten. In die blik lag een uiterst strenge veroordeling besloten, deels verwijt, deels afkeer. De psycholoog zag Haast vast als een meisje dat bezeten was door de duivel.

Ook hierover vertelt ze de Ouwe niets. Nee, ze hebben haar niet platgespoten, niet in de isolatie gestopt, niet op een stoel vastgebonden. Maar ze voelde zich op een andere manier vernederd. Het enige wat ze zegt, is: hoe durven ze te denken dat ze ons begrijpen? Gevulde kippetjes! zegt de Ouwe. Ze snijden ons open, halen ons leeg, stoppen

ons weer vol met wat zij als een betere vulling beschouwen en huppakee, de oven in! Klaargemaakt zoals de psychologie ons het liefst heeft!

Op dat moment worden ze gestoord door de serveerster, die haar hand op tafel plant, tussen hen in, haar opgerolde mouw, haar streepjesblouse, een hele hoop felgekleurde armbandjes, die agressief rinkelen. *Klaargemaakt zoals de psychologie ons het liefst heeft!* zegt hij net, en zij zegt: jongens – jongens! –, jullie kunnen hier niet zo lang blijven zitten zonder iets te consumeren, als jullie niets bestellen, zullen jullie moeten vertrekken, ben ik bang. Natuurlijk, natuurlijk, zegt de Ouwe gedwee. Sorry, mompelt Haast. Ze kijken geen van beiden op; ze houden hun blik gericht op die arm, de strenge, daadkrachtige arm van de serveerster. Ik geef jullie vijf minuten, zegt ze kortaf, vinnig, op een toon die geen tegenspraak duldt, en ze draait zich om. Vanaf nu is het aftellen.

Weet je nog dat we het hadden over trouwen? vraagt de Ouwe terwijl hij zijn ogen tot spleetjes knijpt en de laatste minuten wegtikken. Ja, zegt Haast, en ze bloost diep. Hij strekt zijn handen naar haar uit, zijn met papieren ringen getooide vingers. In het vogelreservaat waar hij werkte, vertelt hij, hielp hij de vrouw van de vogelwachter met het ringen van vogels. Dat was ook een soort huwelijk, een verbintenis tot de dood! Vogels ringen is een heel delicaat werkje, hun pootjes zijn zo teer en zo kwetsbaar! Hij vond de ringetjes prachtig. Licht, van aluminium, met een reeks nummers erin gestanst om niet te vergeten waar, wanneer

en door wie de ring is aangebracht. Een vogel die hier geringd wordt kan jaren later tienduizend kilometer verderop worden aangetroffen. Dat komt voor! Dankzij dat kleine ringetje worden er allerlei gegevens verzameld, de geschiedenis van een heel leven: waar de vogel heen is getrokken, hoelang hij heeft geleefd, wat hij heeft gegeten en waaraan hij is doodgegaan. Hij heeft een keer een pijlstormvogel gevangen die vijftig jaar daarvoor was geringd. Stel je voor, Haast. Vijftig jaar! Het zou mooi zijn als zij twee hun hele leven zulke ringen konden dragen. Zelfs als ze elkaar dan nooit meer zagen, zou men weten wanneer en waarom ze die ringen om hadden gedaan. Maar voor mensen bestaan dat soort ringen niet. Niemand doet de ander een ring om en laat hem vervolgens vrij, zoals zij – die vrouw en hij – in het reservaat met de vogels deden.

De Ouwe doet een voor een de papieren ringen af en scheurt ze in kleine stukjes, zodat de tafel vol komt te liggen met snippers papier. Op het laatst heeft hij er nog één over, die aan zijn ringvinger, hij beweegt hem op en neer en wijst naar haar. Wil jij hem? vraagt hij ten slotte. Ze lacht, ze knikt. Nou, dan moet ze er ook eentje voor hem maken, zodat ze ze kunnen uitwisselen, zoals bij een echt huwelijk! Nog steeds lachend pakt Haast een servetje, scheurt het aan reepjes, rolt een van de reepjes op en maakt er een ringetje van. Hier, zegt ze, en ze kijkt vanuit haar ooghoeken naar de serveerster, die nu echt pissig is, want de vijf minuten zijn om en ze zitten er nog steeds, die twee, en werpen een smet op het café, ze zitten te spelen met stukjes papier en kliederen de hele boel onder, ze zitten

ongegeneerd met ineengestrengelde vingers en overtreden de wet. Ze ziet ze opstaan: die oude, bespottelijke, trieste vent, die er ziek uitziet, als een junk, en dat verfomfaaide meisje in te grote kleren, waarmee ze tevergeefs haar overgewicht probeert te verhullen, dat verknipte, vreemde, onnozele meisje. Ze ziet ze naar de deur lopen, zonder naar haar te kijken, zonder ook maar te groeten, zonder haar te bedanken voor de tijd die ze hun heeft gegund, ze gaan volledig op in hun eigen wereldje, een ongepast, idioot paar. Buiten, op de smalle, smerige stoep blijven ze staan, kijken elkaar even aan, zonder te praten, zonder elkaar aan te raken, en dan gaan ze ieder een andere kant op: de oude man met hangend hoofd en zijn idiote, asymmetrische loopje naar rechts, naar het verleden; het meisje met hangend hoofd en haar idiote, asymmetrische loopje naar links, naar de toekomst.

Noot van de auteur

De kiem van de roman *Broodhoofd* ligt in het verhaal 'A contrapelo', dat ik schreef voor de bloemlezing *Riesgo*, die in 2017 verscheen bij uitgeverij :Rata_. Bij het overhevelen naar de nieuwe tekst heb ik de personages substantieel aangepast en ook de plot is veranderd, maar wie op zoek is naar de oorsprong, kan hem in dat verhaal vinden.

Het gesprekje dat Haast en de Ouwe voeren over het bestaan van een vogel zonder poten heb ik bijna in zijn geheel overgenomen uit het toneelstuk van Tennessee Williams *Orpheus Descending*, al moet ik toegeven dat ik deze prachtige metafoor voor het eerst tegenkwam in de verfilming *The Fugitive Kind*, van Sidney Lumet, met Anna Magnani en Marlon Brando in de hoofdrollen.

Hoewel het verhaal, de personages en de decors van *Broodhoofd* volledig verzonnen zijn, hield ik tijdens het schrijven bepaalde plekken in Sevilla voor ogen: het Amatepark en omgeving, waar ik vaak kwam toen ik zo oud was als Haast – een hele tijd geleden.